维洛那二绅士

〔英〕威廉·莎士比亚 ◎ 著　　朱生豪 ◎ 译

四川大学出版社
SICHUAN UNIVERSITY PRESS

图书在版编目（CIP）数据

维洛那二绅士 / （英）威廉·莎士比亚著 ；朱生豪
译 . -- 成都 ：四川大学出版社，2025. 1. -- ISBN 978-
7-5690-7851-0

Ⅰ. I561.33

中国国家版本馆 CIP 数据核字第 20259P1R48 号

书　　名：维洛那二绅士
　　　　　Weiluona Er Shenshi
著　　者：[英]威廉·莎士比亚
译　　者：朱生豪

责任编辑：蒋姗姗
责任校对：朱兰双
装帧设计：曾冯璇
责任印制：李金兰

出版发行：四川大学出版社有限责任公司
　　　　　地址：成都市一环路南一段 24 号（610065）
　　　　　电话：（028）85408311（发行部）、85400276（总编室）
　　　　　电子邮箱：scupress@vip. 163. com
　　　　　网址：https://press. scu. edu. cn
印前制作：人天兀鲁思（北京）文化传媒有限公司
印刷装订：北京文昌阁彩色印刷有限责任公司

成品尺寸：145mm×210mm
印　　张：7. 625
字　　数：164 千字

版　　次：2025 年 5 月 第 1 版
印　　次：2025 年 5 月 第 1 次印刷
印　　数：1-3000 册
定　　价：68. 00 元

本社图书如有印装质量问题，请联系发行部调换

四川大学出版社
微信公众号

维洛那二绅士

目录

特洛伊罗斯与克瑞西达

维洛那二绅士

剧中人物

米兰公爵：西尔维娅的父亲

凡伦丁：二绅士

普洛丢斯：二绅士

安东尼奥：普洛丢斯的父亲

修里奥：凡伦丁的愚蠢的情敌

爱格勒莫：助西尔维娅脱逃者

史比德：凡伦丁的傻仆

朗斯：普洛丢斯的傻仆

潘西诺：安东尼奥的仆人

旅店主：朱利娅在米兰的居停

强盗：随凡伦丁啸聚的一群

朱利娅：普洛丢斯的恋人

西尔维娅：凡伦丁的恋人

露西塔：朱利娅的女仆

仆人、乐师等

地 点

维洛那；米兰及曼多亚边境

第一幕

第一场：维洛那。旷野

【凡伦丁及普洛丢斯上。

凡伦丁： 不用劝我，亲爱的普洛丢斯；年轻人株守家园，见闻总是限于一隅。倘不是爱情把你锁系在你情人的温柔的眼波里，我倒很想请你跟我一块儿去见识见识外面的世界，那总比在家里无所事事，把青春消磨在懒散的无聊里好得多。可是你现在既然在恋爱，那就恋爱下去吧，祝你得到美满的结果；我要是着起迷来，也会这样的。

普洛丢斯： 你真的要走了吗？亲爱的凡伦丁，再会吧！你在旅途中要是见到什么值得注意的新奇事物，请你想起你的普洛丢斯；当你得意的时候，也许你会希望我能够分享你的幸福；当你万一遭遇什么风波危险的时候，你可以不用忧虑，因为我在虔诚地为你祈祷，祝你平安。

凡伦丁： 你是念着恋爱经为我祈祷祝我平安吗？

普洛丢斯： 我讽诵我所珍爱的经典为你祈祷。

凡伦丁： 那一定是里昂德①游泳过赫勒思滂海峡去会他的情人一类深情蜜爱的浅薄故事。

普洛丢斯： 他为了爱不顾一切，那证明了爱情是多么深。

凡伦丁： 不错，你为了爱也不顾一切，可是你却没有游泳过赫勒思滂海峡去。

普洛丢斯： 嗳，别取笑吧。

凡伦丁： 不，我绝不取笑你，那实在一点意思也没有。

普洛丢斯： 什么？

凡伦丁： 我是说恋爱。苦恼的呻吟换来了轻蔑；多少次心痛的叹息才换得了羞答答的秋波一盼；片刻的欢娱，是二十个晚上辗转无眠的代价。即使成功了，也许会得不偿失；要是失败了，那就白费一场辛苦。恋爱泯没了人的聪明，使人变为愚蠢。

普洛丢斯： 照你说来，我是一个傻子了。

凡伦丁： 瞧你的样子，我想你的确是一个傻子。

普洛丢斯： 你所诋斥的是爱情；我可是身不由己。

凡伦丁： 爱情是你的主宰，甘心供爱情驱使的，我想总不见得是一个聪明人吧。

普洛丢斯： 可是做书的人这样说：最芬芳的花蕾中有蛀虫，最聪明

----

① 里昂德（Leander），传说中的情人，爱恋少女希罗，游泳过海峡赴约，惨遭灭顶。

4

人的心里，才会有蛀蚀心灵的爱情。

凡伦丁：做书的人还说：最早熟的花蕾，在未开放前就给蛀虫吃去；所以年轻聪明的人也会被爱情化成愚蠢，在盛年的时候就丧失欣欣向荣的生机，未来一切美妙的希望都成为泡影。可是你既然是爱情的皈依者，我又何必向你多费唇舌呢？再会吧！我的父亲在码头上等着送我上船呢。

普洛丢斯：我也要送你上船，凡伦丁。

凡伦丁：好普洛丢斯！不用了吧，让我们就此分手。我在米兰等着你来信报告你在恋爱上的成功，以及我去了以后这儿的一切消息；我也会同样寄信给你。

普洛丢斯：祝你在米兰一切顺利幸福！

凡伦丁：祝你在家里也是这样！好，再见。（下）

普洛丢斯：他追求着荣誉，我追求着爱情；他离开了他的朋友，使他的朋友们因他的成功而增加光荣；我为了爱情，把我自己、我的朋友们以及一切都舍弃了。朱利娅啊，你已经把我变成了另一个人，使我无心学问，虚掷光阴，违背良言，忽略世事；我的头脑因相思而变得衰弱，我的心灵因恋慕而痛苦异常。

　　　　【史比德上。

史比德：普洛丢斯少爷，上帝保佑您！您看见我家主人了吗？

普洛丢斯：他刚刚离开这里，坐船到米兰去了。

史比德：那么他多半已经上了船了。我就像一头迷路的羊，找不到他了。

普洛丢斯：是的，牧羊人一走开，羊就会走失了。

史比德：您说我家主人是牧羊人，而我是一头羊吗？

普洛丢斯：是的。

史比德：那么不管我睡觉也好，醒着也好，我的角也就是他的角了。

普洛丢斯：这种蠢话正像是一头蠢羊嘴里说出来的。

史比德：这么说，我又是一头羊了。

普洛丢斯：不错，你家主人还是牧羊人。

史比德：不，我可以用譬喻证明您的话不对。

普洛丢斯：我也可以用另外一个譬喻证明我的话不错。

史比德：牧羊人寻羊，不是羊寻牧羊人；我找我的主人，不是我的主人找我，所以我不是羊。

普洛丢斯：羊为了吃草跟随牧羊人，牧羊人并不为了吃饭跟随羊；你为了工钱跟随你的主人，你的主人并不为了工钱跟随你，所以你是羊。

史比德：您要是再说这样一个譬喻，那我真的要咩咩地叫起来了。

普洛丢斯：我问你，你有没有把我的信送给朱利娅小姐？

史比德：嗷，少爷，我，一头迷路的羔羊，把您的信给她，一头细腰的绵羊；可是她这头细腰的绵羊却什么谢礼也不给我这头迷路的羔羊。

普洛丢斯：这么多的羊，这片牧场上要容不下了。

史比德： 如果容纳不下，给她一刀子不就完了吗？

普洛丢斯： 你的思想又在乱跑了，应该把你圈起来。

史比德： 谢谢你，少爷，给你送信不值得给我钱。

普洛丢斯： 你听错了；我说圈，没说钱——我指的是羊圈。

史比德： 我却听成洋钱了。不管怎么着都好，我给你的情人送信，
只得个圈圈未免太少！

普洛丢斯： 可是她说什么话了没有？（史比德点头）她就点点头吗？

史比德： 是。

普洛丢斯： 点头，是；摇头，不——这不成傻瓜了吗？

史比德： 您误会了。我说她点头了；您问我她点头了没有；我说
"是"。

普洛丢斯： 照我的解释，这就是傻瓜。

史比德： 您既然费尽心血把它解释通了，就把它奉赠给您吧。

普洛丢斯： 我不要，就给你算作替我送信的谢礼吧。

史比德： 看来我只有委屈一点，不跟您计较了。

普洛丢斯： 怎么叫不跟我计较？

史比德： 本来吗，少爷，我给您辛辛苦苦把信送到，结果您只赏给
我一个傻瓜的头衔。

普洛丢斯： 说老实话，你应对倒是满聪明的。

史比德： 聪明有什么用，要是它打不开您的钱袋来。

普洛丢斯： 算了算了，简简单单把事情交代明白，她说些什么话？

史比德： 打开您的钱袋来，一面交钱，一面交话。

普洛丢斯： 好，拿去吧。（给他钱）她说什么？

史比德： 老实对您说吧，少爷，我想您是得不到她的爱的。

普洛丢斯： 怎么？这也给你看出来了吗？

史比德： 少爷，我在她身上什么都看不出来；我把您的信送给她，可是我连一块钱的影子也看不见。我给您传情达意，她待我却这样刻薄；所以您当面向她谈情说爱的时候，她也会一样冷酷无情的。她的心肠就像铁石一样硬，您还是不用送她什么礼物，就送些像钻石似的硬货给她吧。

普洛丢斯： 什么？她一句话也没说吗？

史比德： 就连一句谢谢你也没有出口。总算是您慷慨，赏给我这两角钱，谢谢您，以后请您自己带信给她吧。现在我要告辞了。

普洛丢斯： 去你的吧，船上有了你，可以保证不会中途沉没，因为你是命中注定要在岸上吊死的。我一定要找一个可靠些的人送信去；我的朱利娅从这样一个狗才手里接到我的信，也许会不高兴答复我。（下）

第二场：同前。朱利娅家中花园

【朱利娅及露西塔上。

朱利娅：露西塔，现在这儿没有别人，告诉我，你赞成我跟人家恋
　　　爱吗？

露西塔：我赞成，小姐，只要您不是莽莽撞撞的。

朱利娅：照你看起来，在每天和我言辞晋接的这一批高贵绅士中间，
　　　哪一位最值得敬爱？

露西塔：请您一个个举出他们的名字来！我可以用我的粗浅的头脑
　　　批评他们。

朱利娅：你看漂亮的爱格勒莫爵士怎样？

露西塔：他是一个谈吐风雅、衣冠楚楚的骑士；可是假如我是您，
　　　我就不会选中他。

朱利娅：你看富有的墨凯西奥怎样？

露西塔：他虽然有钱，人品却不过如此。

朱利娅：你看温柔的普洛丢斯怎样？

露西塔：主啊！主啊！请看我们凡人是何等愚蠢！

朱利娅：咦！你为什么听见了他的名字要这样感慨呢？

露西塔： 恕我，亲爱的小姐；可是像我这样一个卑贱之人，怎么配批评高贵的绅士呢？

朱利娅： 为什么别人可以批评，普洛丢斯却批评不得？

露西塔： 因为他是许多好男子中间最好的一个。

朱利娅： 何以见得？

露西塔： 我除了女人的直觉以外没有别的理由；我以为他最好，因为我觉得他最好。

朱利娅： 你愿意让我把爱情用在他的身上吗？

露西塔： 是的，要是您不以为您是在浪掷您的爱情。

朱利娅： 可是他比其余的任何人都更冷冰冰的，从来不向我追求。

露西塔： 可是我想他比其余的任何人都更要爱您。

朱利娅： 他不多说话，这表明他的爱情是有限的。

露西塔： 火关得越紧，烧起来越猛烈。

朱利娅： 在恋爱中的人们，不会一无表示。

露西塔： 不，越是到处宣扬着他们的爱情的，他们的爱情越靠不住。

朱利娅： 我希望我能知道他的心思。

露西塔： 请读这封信吧，小姐。（给朱利娅信）

朱利娅： "给朱利娅"——这是谁写来的？

露西塔： 您看过就知道了。

朱利娅： 说出来，谁交给你这封信？

露西塔： 凡伦丁的仆人送来这封信，我想是普洛丢斯叫他送来的。

他本来要当面交给您，我因为刚巧遇见他，所以就替您收下了。请您原谅我的放肆吧。

朱利娅： 嘿，好一个牵线的！你竟敢接受调情的书简，瞒着我跟人家串通一气，来欺侮我年轻吗？这真是一件好差使，你也真是一个能干的角色。把这信拿去，给我退回原处，否则再不用见我的面啦。

露西塔： 为爱求情，难道就得到一顿责骂吗？

朱利娅： 你还不去吗？

露西塔： 我就去，好让您仔细思忖一番。（下）

朱利娅： 可是我希望我曾经窥见这信的内容。我把她这样责骂过了，现在又不好意思叫她回来，反过来恳求她。这傻丫头明知我是一个闺女，偏不把信硬塞给我看。一个温淑的姑娘嘴里尽管说不，她却要人家解释作是的。唉！唉！这一段痴愚的恋情是多么颠倒，正像一个坏脾气的婴孩一样，一会儿在他保姆身上乱抓乱打，一会儿又服服帖帖地甘心受责，刚才我把露西塔这样凶狠地撵走，现在却巴不得她快点儿回来；当我一面装出了满脸怒容的时候，内心的喜悦却使我心坎里满含着笑意。现在我必须引咎自责，叫露西塔回来，请她原谅我刚才的愚蠢。喂，露西塔！

　　【露西塔重上。

露西塔： 小姐有什么吩咐？

朱利娅：现在是快吃饭的时候了吧？

露西塔：我希望是，免得您空着肚子在佣人身上出气。

朱利娅：你在那边小小心心地拾起来的是什么？

露西塔：没有什么。

朱利娅：那么你为什么俯下身子去？

露西塔：我在地上掉了一张纸，把它拾了起来。

朱利娅：那张纸难道就不算什么？

露西塔：它不干我什么事。

朱利娅：那么让它躺在地上，留给相干的人吧。

露西塔：小姐，它对相干的人是不会说谎的，除非它给人家误会了。

朱利娅：是你的什么情人寄给你的情诗吗？

露西塔：小姐，要是您愿意给它谱上一个调子，我可以把它唱起来。

　　　您看怎么样？

朱利娅：我看这种玩意儿都十分无聊。可是你要唱就按《爱的清光》

　　　那个调子去唱吧。

露西塔：这个歌儿太沉重了，和轻狂的调子不配。

朱利娅：沉重？准是重唱那部分加得太多了。

露西塔：正是，小姐。可是您要唱起来，一定能十分婉转动人。

朱利娅：你为什么就不唱呢？

露西塔：我调门没有那么高。

朱利娅：拿歌儿来我看看。（取信）怎么，这贱丫头！

露西塔：您就这么唱起来吧；可是我想我不大喜欢这个调子。

朱利娅：你不喜欢？

露西塔：是，小姐，太刺耳了。

朱利娅：你这丫头太放肆了。

露西塔：这回您的调子又太直了。这么粗声粗气的岂不破坏了原来的音律？本来您的歌儿里只缺一个男高音。

朱利娅：男高音早叫你这下流的女低音给盖过去了。

露西塔：我这女低音不过是为普洛丢斯低声下气地祈求。

朱利娅：你再油嘴滑舌，我可不答应了。瞧谁再敢拿进这种不三不四的书信来！（撕信）给我出去，让这些纸头丢在地上；你碰它们一下我就要生气。

露西塔：她故意这样装模作样，其实心里巴不得人家再送一封信来，好让她再发一次脾气。（下）朱利娅，不，就是这一封信已经够使我心痛了！啊，这一双可恨的手，忍心把这些可爱的字句撕得粉碎！就像残酷的黄蜂一样，刺死了蜜蜂而吮吸它的蜜。为了补赎我的罪愆，我要遍吻每一片碎纸。瞧，这里写着"仁慈的朱利娅"：狠心的朱利娅！我要惩罚你的薄情，把你的名字掷在砖石上，把你任情地践踏蹂躏。这里写着"受创于爱情的普洛丢斯"：疼人的受伤的名字！把我的胸口做你的眠床，养息到你的创痕完全平复吧，让我用起死回生的一吻吻在你的伤口上。这儿有两三次提着普洛丢斯的名字；风啊，请不要吹

13

起来，好让我找到这封信里的每一个字；我单单不要看见我自己的名字，让一阵旋风把它卷到狰狞丑怪的岩石上，再把它打下波涛汹涌的海中去吧！瞧，这儿有一行字，两次提到他的名字："被遗弃的普洛丢斯，受制于爱情的普洛丢斯，给可爱的朱利娅。"我要把朱利娅的名字撕去；不，他把我们俩人的名字配合得如此巧妙，我要把它们折叠在一起；现在你们可以放胆地相吻拥抱，彼此满足了。

【露西塔重上。

露西塔： 小姐，饭已经预备好了，老爷在等着您。

朱利娅： 好，我们去吧。

露西塔： 怎么！让这些纸片丢在这儿，给人家瞧见议论吗？

朱利娅： 你要是这样关心着它们，那么还是把它们拾起来吧。

露西塔： 不，我可不愿再挨骂了；可是让它们躺在地上，也许会受了寒。

朱利娅： 你倒是怪爱惜它们的。

露西塔： 呃，小姐，随您怎样说吧；也许您以为我是瞎子，可是我也生着眼睛呢。

朱利娅： 来，来，还不走吗？（同下）

第三场：同前。安东尼奥家中一室

【安东尼奥及潘西诺上。

安东尼奥：潘西诺，刚才我的兄弟跟你在走廊里谈些什么正经话儿？

潘西诺：他说起他的侄子，您的少爷普洛丢斯。

安东尼奥：噢，他怎么说呢？

潘西诺：他说他不懂老爷为什么您让少爷在家里消度他的青春；人家名望不及我们的，都把他们的儿子送到外面去找机会，有的投身军旅，博得一官半职；有的到远远的海岛上去探险发财；有的到大学校里去寻求高深的学问。他说普洛丢斯少爷对这些锻炼当中的哪一种都很适宜；他叫我在您面前说起，请您不要让少爷老在家里游荡，年轻人不走走远路，对于他的前途是很有妨碍的。

安东尼奥：这倒不消你说，我这一个月来就在考虑着这件事情。我也想到他这样蹉跎时间，的确不大好；他要是不在外面多经历经历世事，将来很难为大用。一个人的经验是要在刻苦中得到的，也只有岁月的磨炼才能够使它成熟。那么照你看来，我最好叫他到什么地方去？

潘西诺： 我想老爷大概还记得他有一个朋友，叫做凡伦丁的，现在在公爵府中供职。

安东尼奥： 不错，我知道。

潘西诺： 我想老爷要是送他到那里去，那倒很好。他可以在那里练习挥枪使剑，听听人家高雅优美的谈吐，和贵族们谈谈说说，还可以见识到适合于他的青春和家世的种种训练。

安东尼奥： 你说得很对，你的意思很好，我很赞成你的建议；看吧，我马上就照你的话做去。我立刻就叫他到公爵的宫廷里去。

潘西诺： 老爷，亚尔芳索大人和其余各位士绅明天就要动身去朝见公爵，准备为他效劳。

安东尼奥： 那么普洛丢斯有了很好的同伴了。他应当立刻预备起来，跟他们同去。我们现在就要对他说。

　　　　【普洛丢斯上。

普洛丢斯： 甜蜜的爱情！甜蜜的字句！甜蜜的人生！这是她亲笔所写，表达着她的心情；这是她爱情的盟誓，她的荣誉的典质。啊，但愿我们的父亲赞同我们缔结良缘，为我们成全好事！啊，天仙一样的朱利娅！

安东尼奥： 喂，你在读谁寄来的信？

普洛丢斯： 禀父亲，这是凡伦丁托他的朋友带来的一封问候的书信。

安东尼奥： 把信给我，让我看看那里有什么消息。

普洛丢斯： 没有什么消息，父亲。他只是说他在那里生活得如何愉快，

公爵如何看得起他，每天和他见面；他希望我也和他在一起，
分享他的幸福。

安东尼奥：那么你对于他的希望做何感想？

普洛丢斯：他虽然是一片好心，我的行动却要听您老人家指挥。

安东尼奥：我的意思和他的希望差不多。你也不用因为我的突然的
决定而吃惊，我要怎样，就是怎样，干脆一句话没有更动。我
已经决定你应当到公爵宫廷里去，和凡伦丁在一块儿过日子；
他的亲族给他多少维持生活的费用，我也照样拨给你。明天你
就要预备动身，不许有什么推托，我的意志是坚决的。

普洛丢斯：父亲，这么快我怎么来得及预备？请您让我延迟一两
天吧。

安东尼奥：听着，你要是缺少什么，我马上就会寄给你。不用耽搁
时间，明天你非去不可。来，潘西诺，我要给他收拾收拾东西，
让他早些动身。（安东尼奥、潘西诺下）

普洛丢斯：我因为恐怕灼伤而躲过了火焰，不料却在海水中惨遭没
顶。我不敢把朱利娅的信给我父亲看，因为生恐他会责备我不
应该谈恋爱；谁知道他却利用我的推托之词，给我的恋爱这样
一下无情的猛击。唉！青春的恋爱就像阴晴不定的四月天气，
太阳的光彩刚刚照耀大地，片刻间就遮上了黑沉沉的乌云
一片！

　　【潘西诺重上。

潘西诺： 普洛丢斯少爷，老爷有请；他说叫您快些，请您立刻去吧。

普洛丢斯： 事既如此，无可奈何；我只有遵从父亲的吩咐，虽然我
的心回答一千声：不，不。（同下）

第 二 幕

第一场：米兰。公爵府中一室

【凡伦丁及史比德上。

史比德：少爷，您的手套。（以手套给凡伦丁）

凡伦丁：这不是我的；我的手套戴在手上。

史比德：那有什么关系？再戴上一只也不要紧。

凡伦丁：且慢！让我看。呃，把它给我，这是我的。天仙手上可爱

    的装饰物！啊，西尔维娅！西尔维娅！

史比德：（叫喊）西尔维娅小姐！西尔维娅小姐！

凡伦丁：怎么，这狗才？

史比德：她不在这里，少爷。

凡伦丁：谁叫你喊她的？

史比德：是您哪，少爷；难道我又弄错了吗？

凡伦丁：哼，你老是这么莽莽撞撞的。

史比德：可是上次您却骂我太迟钝。

凡伦丁：好了好了，我问你，你认识西尔维娅小姐吗？

史比德：就是您爱着的那位小姐吗？

凡伦丁：咦，你怎么知道我在恋爱？

史比德：噢，我从各方面看了出来。第一，您学会了像普洛丢斯少爷一样把手臂交叉在胸前，像一个满腹牢骚的人那样一副神气；嘴里喃喃不停地唱情歌，就像一头知更雀似的；喜欢一个人独自走路，好像一个害着瘟疫的人；老是唉声叹气，好像一个忘记了字母的小学生；动不动流起眼泪来，好像一个死了妈妈的小姑娘；见了饭吃不下去，好像一个节食的人；夜里睡不着觉，好像担心有什么强盗；说起话来带着三分哭音，好像一个万圣节的叫花子①。从前您可不是这个样子。您从前笑起来声震四座，好像一只公鸡报晓；走起路来挺胸凸肚，好像一头狮子；只有在狼吞虎咽一顿之后才节食；只有在没有钱用的时候才面带愁容。现在您被情人迷住了，您已经完全变了一个人，当我瞧着您的时候，我简直不相信您是我的主人了。

凡伦丁：你能够在我身上看出这一切来吗？

史比德：这一切在您身外就能看出来。

凡伦丁：身外？决不可能。

---

① 万圣节（Hallowmas），十一月一日，为祭祀基督教诸圣徒的节日。乞丐于是整日都以哀音高声乞讨。

史比德：身外？不错，是不大可能，因为除了您这样老实、不知矫
　　　饰之外，别人谁也不会如此；那么就算您是在这种愚蠢之外，
　　　而这种愚蠢是在您身内吧；可是它还能透过您身体，就像透过
　　　尿缸子看得见尿一样，无论谁一眼见了您，都像一个医生一样
　　　诊断得出您的病症来。

凡伦丁：可是我问你，你认识西尔维娅小姐吗？

史比德：就是在吃晚饭的时候您一眼不眨地望着的那位小姐吗？

凡伦丁：那也给你看见了吗？我说的就是她。

史比德：噢，少爷，我不认识她。

凡伦丁：你看见我望着她，怎么却又说不认识她？

史比德：她不是长得很难看的吗，少爷？

凡伦丁：她的面貌还不及心肠那么美。

史比德：少爷，那个我知道。

凡伦丁：你知道什么？

史比德：她面貌并不美，可是您心肠美，所以爱上她了。

凡伦丁：我是说她的美貌是无比的，可是她的好心肠更不可限量。

史比德：那是因为一个靠打扮，另一个不稀罕？

凡伦丁：怎么叫靠打扮？怎么叫不稀罕？

史比德：咳，少爷，她的美貌完全要靠打扮，因此也就没有人稀罕
　　　她了。

凡伦丁：那么我呢？我还是很稀罕她的。

史比德：可是她自从残废以后，您还没有看见过她哩。

凡伦丁：她是什么时候残废的？

史比德：自从您爱上了她之后，她就残废了。

凡伦丁：我第一次看见她的时候就爱上了她，可是我始终看见她很美丽。

史比德：您要是爱她，您就看不见她。

凡伦丁：为什么？

史比德：因为爱情是盲目的。唉！要是您有我的眼睛就好了！从前您看见普洛丢斯少爷忘记扣上袜带而讥笑他的时候，您的眼睛也是明亮的。

凡伦丁：要是我的眼睛明亮便怎样？

史比德：您就可以看见您自己的愚蠢和她的不堪领教的丑陋。普洛丢斯少爷因为恋爱的缘故，忘记扣上他的袜带；您现在因为恋爱的缘故，连袜子也忘记穿上了。

凡伦丁：这样说来，那么你也是在恋爱了；因为今天早上你忘记了擦我的鞋子。

史比德：不错，少爷，我正在恋爱着我的眠床，幸亏您把我打醒了，所以我现在也敢大胆提醒提醒您不要太过于迷恋了。

凡伦丁：总而言之，我的心已经定了，我非爱她不可。

史比德：我倒希望您的心是净了，把她忘得干干净净。

凡伦丁：昨天晚上她请我代她写一封信给她所爱的一个人。

史比德：您写了没有？

凡伦丁：写了。

史比德：一定写得很没劲吧？

凡伦丁：不然，我是用尽心思把它写好的。静些，她来了。

　　　　【西尔维娅上。

史比德：（旁白）嘿，这出戏真好看！真是个头等的木偶！这回该
　　　　他唱几句词儿了。

凡伦丁：小姐，女主人，向您道一千次早安。

史比德：（旁白）道一次晚安就得了！干吗用这么多客套？

西尔维娅：凡伦丁先生，我的仆人，我还你两千次。

史比德：（旁白）该男的送礼，这回女的倒抢先了。

凡伦丁：您吩咐我写一封信给您的一位秘密的无名的朋友，我已经
　　　　照办了。我很不愿意写这封信，但是您的旨意是不可违背的。

　　　（以信给西尔维娅）

西尔维娅：谢谢你，好仆人。你写得很用心。

凡伦丁：相信我，小姐，它是很不容易写的，因为我不知道收信的
　　　　人究竟是谁，随便写去，不知道写得对不对。

西尔维娅：也许你嫌这工作太烦难吗？

凡伦丁：不，小姐，只要您用得着我，尽管吩咐我，就是一千封信
　　　　我也愿意写，可是——

西尔维娅：好一个可是！你的意思我猜得到。可是我不愿意说出名

字来；可是即使说出来也没有什么关系；可是把这信拿去吧；

可是我谢谢你，以后从此不再麻烦你了。

史比德: （旁白）可是你还会找上门来的，这就又是一个"可是"。

凡伦丁: 这是什么意思？您不喜欢它吗？

西尔维娅: 不，不，信是写得很巧妙，可是你既然写的时候不大愿意，

那么你就拿回去吧。嗯，你拿去吧。（还信）

凡伦丁: 小姐，这信是给您写的。

西尔维娅: 是的，那是我请你写的，可是，我现在不要了，就给了你吧。

我希望能写得再动人一点。

凡伦丁: 那么请您许我另写一封吧。

西尔维娅: 好，你写好以后，就代我把它读一遍；要是你自己觉

得满意，那就罢了；要是你自己觉得不满意，也就罢了。

凡伦丁: 要是我自己觉得满意，那便怎样？

西尔维娅: 要是你自己满意，那么就把这信给你作为酬劳吧。再见，

仆人。（下）

史比德: 人家说，一个人看不见自己的鼻子，教堂屋顶上的风信标

变幻莫测，这一个玩笑也开得玄妙神奇！我主人向她求爱，她

却反过来求我的主人；正像当徒弟的反过来变成老师。真是绝

好的计策！我主人代人写信，结果却写给了自己，谁听到过比

这更妙的计策？

凡伦丁: 怎么？你在说些什么？

史比德：没说什么，只是唱几句顺口溜。应该说话的是您！

凡伦丁：为什么？

史比德：您应该做西尔维娅小姐的代言人啊。

凡伦丁：我代她向什么人传话？

史比德：向您自己哪。她不是拐着弯向您求爱吗？

凡伦丁：拐什么弯？

史比德：我指的是那封信。

凡伦丁：怎么，她又不曾写信给我。

史比德：她何必自己动笔呢？您不是替她代写了吗？咦，您还没有懂得这个玩笑的用意吗？

凡伦丁：我可不懂。

史比德：我可也不懂，少爷，难道您还不知道她已经把爱情的凭证给了您吗？

凡伦丁：除了责怪以外，她没有给我什么呀。

史比德：真是！她不是给您一封信吗？

凡伦丁：那是我代她写给她的朋友的。

史比德：那封信现在已经送到了，还有什么说的吗？

凡伦丁：我希望你没有猜错。

史比德：包在我身上，准没有差错。你写信给她，她因为害羞提不起笔，或者因为没有闲工夫，或者因为恐怕传书的人窥见了她的心事，所以她才教她的爱人代她答复他自己。这一套我早在书上看见过了。喂，少爷，您在想些什么？好吃饭了。

凡伦丁：我已经吃过了。

史比德：哎呀，少爷，这个没有常性的爱情虽然可以喝空气过活，我可是非吃饭吃肉不可。您可不要像您爱人那样忍心，求您发发慈悲吧！（同下）

第二场：维洛那。朱利娅家中一室

【普洛丢斯及朱利娅上。

普洛丢斯：请你忍耐吧，好朱利娅。

朱利娅：没有办法，我也只好忍耐了。

普洛丢斯：我如果有机会回来，我会立刻回来的。

朱利娅：你只要不变心，回来的日子是不会远的。请你保留着这个，常常想起你的朱利娅吧。

普洛丢斯：我们彼此交换，你把这个拿去吧。（给她另一个戒指）

朱利娅：让我们用神圣的一吻永固我们的盟誓。

普洛丢斯：我举手宣誓我的不变的忠诚。朱利娅，要是我在哪一天哪一个时辰里不曾为了你而叹息，那么在下一个时辰里，让不幸的灾祸来惩罚我的薄情吧。我的父亲在等我，你不用回答我了。潮水已经升起，船就要开了；不，我不是说你的泪潮，那是会留住我，使我误了行期的。朱利娅，再会吧！啊，一句话也不说就去了吗？是的，真正的爱情是不能用言语表达的，行为才是忠心的最好说明。

【潘西诺上。

潘西诺： 普洛丢斯少爷，他们在等着您哩。

普洛丢斯： 好，我就来，我就来。唉！这一场分别啊，真叫人满怀愁绪难宣。（同下）

第三场：同前。街道

【朗斯牵犬上。

朗　斯： 哎哟，我到现在才哭完呢，咱们朗斯一族里的人都有这个心肠太软的毛病。我像《圣经》上的浪子一样，拿到了我的一份家产，现在要跟着普洛丢斯少爷上京城里去。我想我的狗克来勃是最狠心的一条狗。我的妈眼泪直流，我的爸涕泗横流，我的妹妹放声大哭，我家的丫头也嚎啕喊叫，就是我们养的猫儿也悲伤得乱搓两手，一份人家弄得七零八乱，可是这条狠心的恶狗却不流一点泪儿。他是一块石头，像一条狗一样没有心肝；就是犹太人，看见我们分别的情形，也会禁不住流泪的；看我的老祖母吧，她眼睛早已盲了，可是因为我要离家远行，也把她的眼睛都哭瞎了呢。我可以把我们分别的情形扮给你们看。这只鞋子算是我的父亲；不，这只左脚的鞋子是我的父亲；不，不，这只左脚的鞋子是我的母亲；不，那也不对。——哦，不错，对了，这只鞋子底已经破了。它已经穿了一个洞，它就算是我的母亲；这一只是我的父亲。他妈的！就是这样。这一根棒是我的妹妹，因为她就像百合花一样的白，像一根棒那样的瘦小。这一顶帽子是我家的丫头阿南。我就算是狗；不，狗是他自己，我是狗——哦，狗是我，我是我自己。对了，就是这样。现在我走到我父亲跟前："爸爸，请你祝福我。"现在这只鞋子就要哭得说不出一句话来；然后我就要吻我的父亲，他还是哭个不停。现在我再走到我的母亲跟前，唉！我希望她现在能够像一个木头人一样开起口来！我就这么吻了她，一点也不错，她嘴里完全是这个气味。现在我要到我妹妹跟前，你瞧她哭得多么伤心！可是这条狗站在旁边，瞧着我一把一把眼泪洒在地上，却始终不流一点泪也不说一句话。

【潘西诺上。

潘西诺：朗斯，快走，快走，上船了！你的主人已经登船，你得坐

28

小划子赶去。什么事？这家伙，怎么哭起来了？去吧，蠢货！
你再耽搁下去，潮水要退下去了。

朗　斯：退下去有什么关系？它这么不通人情就叫它去吧。

潘西诺：谁这么不通人情？

朗　斯：就是它，克来勃，我的狗。

潘西诺：呸，这家伙！我说，潮水要是退下去，你就要失去这次
　　　　航行了；失去这次航行，你就要失去你的主人了；失去你的主人，
　　　　你就要失去你的工作了；失去你的工作——你干什么堵住我的
　　　　嘴？

朗　斯：我怕你会失去你的舌头。

潘西诺：舌头怎么会失去？

朗　斯：说话太多。

潘西诺：我看你倒是放屁太多。

朗　斯：连潮水、带航行、带主人、带工作、外带这条狗，都失去了！
　　　　我对你说吧！要是河水干了，我会用眼泪把它灌满；要是风势
　　　　低了，我会用叹息把船只吹送。

潘西诺：来吧，来吧；主人派我来叫你的。

朗　斯：你爱叫我什么就叫我什么好了。

潘西诺：你到底走不走呀？

朗　斯：好，走就走。（同下）

第四场：米兰。公爵府中一室

【凡伦丁、西尔维娅、修里奥及史比德上。

西尔维娅：仆人！

凡伦丁：小姐？

史比德：少爷，修里奥大爷在向您怒目而视呢。

凡伦丁：嗯，那是为了爱情的缘故。

史比德：他才不爱您呢。

凡伦丁：那就是爱这位小姐。

史比德：我看您该好生揍他一顿。

西尔维娅：仆人，你心里不高兴吗？

凡伦丁：是的，小姐，我好像不大高兴。

修里奥：好像不大高兴！其实还是很高兴吧？

凡伦丁：也许是的。

修里奥：原来是装腔作势。

凡伦丁：你也一样。

修里奥：我装些什么腔？

凡伦丁：你瞧上去还像个聪明人。

修里奥： 你凭什么证明我不是个聪明人？

凡伦丁： 就凭你的愚蠢。

修里奥： 何以见得我愚蠢？

凡伦丁： 从你这件外套就看得出来。

修里奥： 我这件外套是好料子。

凡伦丁： 好吧，那就算你是双料的愚蠢。

修里奥： 什么？

西尔维娅： 咦，生气了吗，修里奥？瞧你脸色变成这样子！

凡伦丁： 让他去，小姐，他是一只善变的蜥蜴。

修里奥： 这只蜥蜴可要喝你的血，它不愿意和你共戴一天。

凡伦丁： 你说得很好。

修里奥： 现在我可不同你多讲话了。

凡伦丁： 我早就知道你总是未开场先结束的。

西尔维娅： 二位，你们的唇枪舌剑倒是有来有往的。

凡伦丁： 不错，小姐，这得感谢我们的供应人。

西尔维娅： 供应人是谁呀，仆人？

凡伦丁： 就是您自己，美丽的小姐；是您把火点着的。修里奥先生的辞令也全是从您脸上借来的，因此才当着您的面，慷他人之慨，一下全用光了。

修里奥： 凡伦丁，你要是跟我斗嘴，我会说得你哑口无言的。

凡伦丁： 那我倒完全相信；我知道尊驾有一个专门收藏言语的库房，

31

在你手下的人，都用空言代替工钱；从他们寒碜的装束上，就可以看出他们是靠着你的空言过活的。

西尔维娅：两位别说下去了，我的父亲来啦。

【公爵上。

公　爵：西尔维娅，你给他们两位包围起来了吗？凡伦丁，你的父亲身体很好；你家里有信来，带来了许多好消息，你要不要我告诉你？

凡伦丁：殿下，我愿意洗耳恭听。

公　爵：你认识你的同乡中有一位安东尼奥吗？

凡伦丁：是，殿下，我知道他是一位德高望重的绅士，享有良好的声誉是完全无愧的。

公　爵：他不是有一个儿子吗？

凡伦丁：是，殿下，他有一个克绍箕裘的贤嗣。

公　爵：你和他很熟悉吗？

凡伦丁：我知道他就像知道我自己一样，因为我们从小就在一起同游同学的。我虽然因为习于游惰，不肯用心上进，可是普洛丢斯——那是他的名字——却不曾把他的青春蹉跎过去。他少年老成，虽然涉世未深，识见却超人一等；他的种种好处，我一时也称赞不尽。总而言之，他的品貌才学，都是尽善尽美，凡是上流人所应有的美德，他身上无不具备。

公　爵：真的吗？要是他真是这样好法，那么他是值得一个王后的眷爱，适宜于充任一个帝王的辅弼的。现在他已经到我们这儿来了，许多大人物都有信来给他吹嘘。他预备在这儿耽搁一些时候，我想你一定很高兴听见这消息吧。

凡伦丁：那真是我求之不得的。

公　爵：那么就准备着欢迎他吧。我这话是对你说的，西尔维娅，也是对你说的，修里奥，因为凡伦丁是用不着我怂恿的；我就去叫你的朋友来和你相见。（下）

凡伦丁：这就是我对您说起过的那个朋友；他本来是要跟我一起来的，可是他的眼睛给他情人的晶莹的盼睐摄住了，所以不能脱身。

西尔维娅：大概现在她已经释放了他，另外有人向她奉献他的忠诚了。

凡伦丁：不，我相信他仍旧是她的俘虏。

西尔维娅：他既然还在恋爱，那么他就应该是盲目的；他既然盲目，怎么能够迢迢而来，找到了你的所在呢？

凡伦丁：小姐，爱情是有二十对眼睛的。

修里奥：他们说爱情不生眼睛。

凡伦丁：爱情没有眼睛来看见像你这样的情人；对于丑陋的事物，它是会闭目不视的。

西尔维娅：算了，算了，客人来了。

　　【普洛丢斯上。

33

凡伦丁：欢迎，亲爱的普洛丢斯！小姐，请您用特殊的礼遇欢迎
　　　他吧。

西尔维娅：要是这位就是你时常念念不忘的好朋友，那么凭着他的
　　　才德，一定会得到竭诚的欢迎。

凡伦丁：这就是他。小姐，请您接纳了他，让他同我一样做您的
　　　仆人。

西尔维娅：这样高贵的仆人，侍候这样卑微的女主人，未免太屈
　　　尊了。

普洛丢斯：哪里的话，好小姐，草野贱士，能够在这样一位卓越的
　　　贵人之前亲聆謦咳，实在是三生有幸。

凡伦丁：大家不用谦虚了。好小姐，请您收容他做的仆人吧。

普洛丢斯：我将以能够奉侍左右，勉效奔走之劳，作为我最大的
　　　光荣。

西尔维娅：尽职的人必能得到酬报。仆人，一个庸愚的女主人欢迎
　　　着你。

普洛丢斯：这话若出自别人口里，我一定要他的命。

西尔维娅：什么话，欢迎你吗？

普洛丢斯：不，给您加上庸愚两字。

　　　【一仆人上。

仆　人：小姐，老爷叫您去说话。

西尔维娅：我就来。（仆人下）来，修里奥，咱们一块儿去。新来

的仆人，我再向你说一声欢迎。现在我让你们俩人畅叙家常，
等会儿我们再谈吧。

普洛丢斯：我们俩人都随时等候着您的使唤。（西尔维娅、修里奥、
史比德同下）

凡伦丁：现在告诉我，家乡的一切情形怎样？

普洛丢斯：你的亲友们都很安好，他们都叫我问候你。

凡伦丁：你的亲友们呢？

普洛丢斯：我离开他们的时候，他们也都很康健。

凡伦丁：你的爱人怎样？你们的恋爱进行得怎么样了？

普洛丢斯：我的恋爱故事是向来使你讨厌的，我知道你不爱听这种
儿女私情。

凡伦丁：可是现在我的生活已经改变过来了；我正在忏悔我自己从
前对于爱情的轻视，它的至高无上的威权，正在用痛苦的绝食、
悔罪的呻吟、夜晚的哭泣和白昼的叹息惩罚着我。为了报复我
从前对它的侮蔑，爱情已经从我被蛊惑的眼睛中驱走了睡眠，
使它们永远注视着我自己心底的忧伤。啊，普洛丢斯！爱情是
一个有绝大威权的君王，我已经在他面前甘心臣服，他的惩罚
使我甘之如饴，为他服役是世间最大的快乐。现在我除了关于
恋爱方面的谈话以外，什么都不要听；单单提起爱情的名字，
便可以代替了我的三餐一宿。

普洛丢斯：够了，我在你的眼睛里可以读出你的命运来。你所膜拜

的偶像就是她吗？

凡伦丁：就是她。她不是一个天上的神仙吗？

普洛丢斯：不，她是一个地上的美人。

凡伦丁：她是神圣的。

普洛丢斯：我不愿谄媚她。

凡伦丁：为了我的缘故谄媚她吧，因为爱情是喜欢听人家恭维的。

普洛丢斯：当我有病的时候，你给我苦味的丸药，现在我也要以其人之道还治其人之身。

凡伦丁：那么就说老实话吧，她即使不是神圣，也是并世无双的魁首，她是世间一切有生之伦的女皇。

普洛丢斯：除了我的爱人以外。

凡伦丁：不，没有例外，除非你有意诽谤我的爱人。

普洛丢斯：我没有理由喜爱我自己的爱人吗？

凡伦丁：我也愿意帮助你抬高她的身份：她可以得到这样隆重的光荣，为我的爱人捧持衣裾，免得卑贱的泥土偷吻她的裙角；它在得到这样意外的幸运之余，会变得骄傲起来，不肯再去滋养盛夏的花卉，使苛酷的寒冬永驻人间。

普洛丢斯：哎呀，凡伦丁，你简直在信口乱吹。

凡伦丁：原谅我，普洛丢斯，我的一切赞美之词，对她都毫无用处；她的本身的美点，就可以使其他一切美人黯然失色。她是独一无二的。

普洛丢斯： 那么你不要作非分之想吧。

凡伦丁： 什么也不能阻止我去爱她。告诉你吧，老兄，她是属于我的；我有了这样一宗珍宝，就像是二十个大海的主人，它的每一粒泥沙都是珠玉，每一滴海水都是天上的琼浆，每一块石子都是纯粹的黄金。不要因为我从来不曾梦到过你而见怪，因为你已经看见我是怎样倾心于我的恋人。我那愚骏的情敌——她的父亲因为他雄于资财而看中了他——刚才和她一同去了，我现在必须追上他们，因为你知道爱情是充满着嫉妒的。

普洛丢斯： 可是她也爱你吗?

凡伦丁： 是的，我们已经互许终身了；而且我们已经约好设计私奔，结婚的时间也已定当。我先用绳梯爬上她的窗口，把她接了出来，各种手续程序都已完全安排好了。好普洛丢斯，跟我到我的寓所去，我还要请你在这种事情上多多指教呢。

普洛丢斯： 你先去吧，你的寓所我会打听得到的。我还要到码头上去，拿一点必需的用品，然后我就来看你。

凡伦丁： 那么你赶快一点吧。

普洛丢斯： 好的。正像一阵更大的热焰压盖住原来的热焰，一枚大钉敲落了小钉，我的旧日的恋情，也因为有了一个新的对象而完全冷淡了。是我的眼睛在作祟吗? 还是因为凡伦丁把她说得天花乱坠? 还是她的真正的完美使我心醉? 或者是我的见异思迁的罪恶，使我全然失去了理智? 她是美丽的。我所爱的朱利娅也是美丽的；可是我对于朱利娅的爱已经成为过去了，那一段恋情，就像投入火中的蜡像，已经全然熔化，不留一点原来的痕迹。好像我对于凡伦丁的友谊已经突然冷淡，我不再像从前那样喜爱他了；啊，这是因为我太过于爱他的爱人了，所以我才对他毫无好感。我这样不假思索地爱上了她，如果跟她相知渐深之后，更将怎样为她倾倒？我现在看见的只是她的外表，可是那已经使我的理智的灵光晕眩不定，那么当我看到她内心的美好时，我一定要变成盲目的了。我要尽力克制我的罪恶的恋情；否则就得设计赢得她的芳心。（下）

第五场：同前。街道

【史比德及朗斯上。

史比德：朗斯，凭着我的良心起誓，欢迎你到米兰来！

朗斯别：胡乱起誓了，好孩子，没有人会欢迎我的。我一向的看法就是：一个人没有吊死，总还有命；要是酒账未付，老板娘没有笑逐颜开，也谈不到欢迎两个字。

史比德：来吧，你这疯子，我就请你上酒店去，那边你可以用五便士去买到五千个欢迎。可是我问你，你家主人跟朱利娅小姐是怎样分别的？

朗　斯：呃，他们热烈地山盟海誓之后，就这样开玩笑似的分别了。

史比德：她将要嫁给他吗？

朗　斯：不。

史比德：怎么？他将要娶她吗？

朗　斯：也是个不。

史比德：咦，他们破裂了吗？

朗　斯：不，他们俩人都是完完整整的。

史比德：那么究竟是怎么一回事呀？

朗　斯：是这样的，要是他没有什么问题，她也没有什么问题。

史比德：你真是头蠢驴！我不懂你的话。

朗　斯：你真是块木头，什么都不懂！连我的拄杖都懂。

史比德：懂你的话？

朗　斯：是啊，和我做的事；你看，我摇摇它，我的拄杖就懂了。

史比德：你的拄杖倒是动了。

朗　斯：懂了，动了，完全是一回事。

史比德：老实对我说吧，这门婚姻成不成？

朗　斯：问我的狗好了：它要是说是，那就是成；它要是说不，那也是成；它要是摇摇尾巴不说话，那还是成。

史比德：那么结论就是：准成。

朗　斯：像这样一桩机密的事你要我直说出来是办不到的。

史比德：亏得我总算听懂了。可是，朗斯，你知道吗？我的主人也变成一个大情人了。

朗　斯：这我早就知道。

史比德：知道什么？

朗　斯：知道他是像你所说的一个大穷人。

史比德：你这狗娘养的蠢货，你说错了。

朗　斯：你这傻瓜，我又没有说你；我是说你主人。

史比德：我对你说：我的主人已经变成一个火热的情人了。

朗　斯：让他去在爱情里烧死了吧，那不干我的事。你要是愿意陪我上酒店去，很好；不然的话，你就是一个希伯来人，一个犹太人，不配称为一个基督徒。

史比德：为什么？

朗　斯：因为你连请一个基督徒喝杯酒儿的博爱精神都没有。你去不去？

史比德：遵命。（同下）

第六场：同前。公爵府中一室

【普洛丢斯上。

普洛丢斯： 舍弃我的朱利娅，我就要违背了盟誓；恋爱美丽的西尔维娅，我也要违背了盟誓；中伤我的朋友，更是违背了盟誓。爱情的力量当初使我信誓旦旦，现在却又诱令我干犯三重寒盟的大罪。动人灵机的爱情啊！如果你自己犯了罪。那么我是你诱惑的对象，也教教我如何为自己辩解吧。我最初爱慕的是一颗闪烁的星星，如今崇拜的是一个中天的太阳；心中许下的誓愿，可以有意把它毁弃不顾；只有没有智慧的人，才会迟疑于好坏二者间的选择。呸，呸，不敬的唇舌！她是你从前用两万遍以灵魂作证的盟言，甘心供她驱使的，现在怎么好把她加上个坏字！我不能朝三暮四转爱他人，可是我已经变了心了；我应该爱的人，我现在已经不爱了。我失去了朱利娅，失去了凡伦丁，要是我继续对他们忠实，我必须失去我自己；我失去了凡伦丁，换来了我自己；失去了朱利娅，换来了西尔维娅：爱情永远是自私的，我自己当然比一个朋友更为宝贵，朱利娅在天生丽质的西尔维娅相形之下，不过是一个黝黑的丑妇。我要忘记朱利娅尚在人间，记着我对她的爱情已经死去；我要把凡伦丁当作敌人，努力取得西尔维娅更甜蜜的友情。要是我不用些诡计破坏凡伦丁，我就无法贯彻自己的心愿。今晚他要用绳梯爬上西尔维娅卧室的窗口，我是他的同谋者，因此与闻了这个秘密。现在我就去把他们设计逃走的事情通知她的父亲；他在勃然大怒之下，一定会把凡伦丁驱逐出境，因为他本来的意思是要把他的女儿下嫁给修里奥的。凡伦丁一去之后，我就可以用些巧妙的计策，拦截修里奥迟钝的进展。爱神啊，你已经帮助我运筹划策，请你再借给我一双翅膀，让我赶快达到我的目的！（下）

第七场：维洛那。朱利娅家中一室

【朱利娅及露西塔上。

朱利娅：给我出个主意吧，露西塔好姑娘，你得帮帮我忙。你就像是一块石板一样，我的心事都清清楚楚地刻在上面；现在我用爱情的名义，请求你指教我，告诉我有什么好法子让我到我那亲爱的普洛丢斯那里去，而不致出乖露丑。

露西塔：唉！这条路是悠长而累人的。

朱利娅：一个虔诚的巡礼者用他的软弱的脚步跋涉过万水千山，是不会觉得疲乏的；一个借着爱神之翼的女人，当她飞向像普洛丢斯那样亲爱、那样美好的爱人怀中去的时候，尤其不会觉得路途的艰远。

露西塔：还是不必多此一举，等候着普洛丢斯回来吧。

朱利娅：啊，你不知道他的目光是我灵魂的滋养吗？我在饥荒中因渴慕而憔悴，已经好久了。你要是知道一个人在恋爱中的内心的感觉，你就会明白用空言来压遏爱情的火焰，正像雪中取火一般无益。

露西塔：我并不是要压住您的爱情的烈焰，可是这把火不能够让它燃烧得过于炽盛，那是会把理智的藩篱完全烧去的。

朱利娅：你越把它遏制，它越燃烧得厉害。你知道泪泪的轻流如果遭遇障碍就会激成怒湍；可是它的路程倘使顺流无阻，它就会在光润的石子上弹奏柔和的音乐，轻轻地吻着每一根在它巡礼途中的芦苇，以这种游戏的心情经过许多曲折的路程，最后到达辽阔的海洋。所以让我去，不要阻止我吧；我会像一道耐心的轻流一样，忘怀长途跋涉的辛苦，一步步挨到爱人的门前，然后我就可以得到休息。就像一个有福的灵魂，在经历无数的磨折以后，永息在幸福的天国里一样。

露西塔：可是您在路上应该怎样打扮呢？

朱利娅： 为了避免轻狂男子的调戏，我要扮成男装。好露西塔，给我找一套合身的衣服来，使我穿扮起来就像个良家少年一样。

露西塔： 那么，小姐，您的头发不是要剪短了吗？

朱利娅： 不。我要用丝线把它扎起来，扎成各种花样的同心结。装束得炫奇一点，扮成男子后也许更像年龄比我大一些的小伙子。

露西塔： 小姐，您的裤子要裁成什么式样的？

朱利娅： 你这样问我，就像人家问，"老爷，您的裙子腰围要多么大"一样。露西塔，你看怎样好就怎样做就是了。

露西塔： 可是，小姐，你裤裆前头也得有个兜儿才成。

朱利娅： 呸，呸，露西塔，那像个什么样子！

露西塔： 小姐，当前流行的紧身裤子，前头要没有那个兜儿，可就太不像话了。

朱利娅： 如果你爱我的话，露西塔，就照你认为合适时兴的样子随便给我找一身吧。可是告诉我！我这样冒险远行，世人将要怎样批评我？我怕他们都要说我的坏话呢。

露西塔： 既然如此，那么住在家里不要去吧。

朱利娅： 不，那我可不愿。

露西塔： 那么不要管人家说坏话，要去就去吧。要是普洛丢斯看见您来了很喜欢，那么别人赞成不赞成您去又有什么关系？可是我怕他不见得会怎样高兴吧。

朱利娅： 那我可一点不担心；一千遍的盟誓、海洋一样的眼泪以及爱情无限的证据，都向我保证我的普洛丢斯一定会欢迎我。

露西塔： 什么盟誓眼泪，都不过是假心的男子们的工具。

朱利娅： 卑贱的男人才会把它们用来骗人；可是普洛丢斯有一颗生就的忠心，他说的话永无变更，他的盟誓等于天诰，他的爱情是真诚的，他的思想是纯洁的，他的眼泪出自衷心，诈欺沾不进他的心肠，就像霄壤一样不能相合。

露西塔： 但愿您看见他的时候，他还是像您所说的一样！

朱利娅： 你要是爱我的话，请你不要怀疑他的忠心；你也应当像我一样爱他，我才喜欢你。现在你快跟我进房去，把我在旅途中所需要的物件检点一下。我所有的东西，我的土地财产，我的名誉，一切都归你支配；我只要你赶快帮我收拾动身。来，别多说话了，赶快！我心里急得什么似的。（同下）

第三幕

第一场：米兰。公爵府中接待室

【公爵、修里奥及普洛丢斯上。

公　爵：修里奥，请你让我们俩人说句话儿，我们有点秘密的事
　　　情要商议一下。现在告诉我吧，普洛丢斯，你要对我说些什
　　　么话？

普洛丢斯：殿下，按照朋友的情分而论，我本来不应该把这件事情
　　　告诉您；可是我想起像我这样无德无能的人，多蒙殿下恩宠有
　　　加，倘使这次知而不报，在责任上实在说不过去；虽然如果换
　　　了别人，无论多少世间的财富，都不能诱我开口的。殿下，您
　　　要知道在今天晚上，我的朋友凡伦丁想要把令爱劫走，他曾经
　　　把他的计划告诉我。我知道您已经决定把她嫁给修里奥，令爱
　　　对这个人却是不大满意的；现在假如她跟凡伦丁逃走了，那对
　　　于您这样年纪的人一定是一个重大的打击。所以我为了责任所
　　　迫，宁愿破坏我的朋友的计谋，却不愿代他隐瞒起来，免得您

因为事出不意，而气坏了您的身子。

公　爵：普洛丢斯，多谢你这样关切我；我活一天，一定会补报你的。他们虽然当我在睡梦之中，可是我早就看出他们俩人在恋爱；我也常常想禁止凡伦丁和她亲近，或是不许他到我的宫廷里来，可是因为我不愿操切从事，生恐我的猜疑并非事实，反倒错怪了好人，所以仍旧照样待之以礼，慢慢看出他的举止用心来。我知道年轻人血气未定，易受诱惑，早就防范到这一步，每天晚上我叫她睡在阁上，她房间的钥匙由我亲自保管，所以别人是没有法子把她偷走的。

普洛丢斯：殿下，他们已经想出了一个法子，他预备用绳梯爬上她的窗口，把她从窗里接下来。他现在去拿绳梯去了，等会儿就会经过这里，您要是愿意的话，就可以拦住问他。可是殿下，您盘问他的时候话要说得巧妙一点，别让他知道是我走了风，因为我这样报告您，只是出于我对您的忠诚，不是因为对我的朋友有什么过不去的地方。

公　爵：我用名誉为誓，他不会知道我是从你这里得到这消息的。

普洛丢斯：再会，殿下，凡伦丁就要来了。（下）

　　　　【凡伦丁上。

公　爵：凡伦丁，你这么急急地要到哪儿去?

凡伦丁：启禀殿下，有一个寄书人在外面，等着我把信交给他带给我的朋友们。

公　爵：是很重要的信吗？

凡伦丁：不过告诉他们我在殿下这儿很好、很快乐而已。

公　爵：那没什么要紧，陪着我谈谈吧。我要告诉你一些我的切身的事情，你可不要对外面的人说。你知道我曾经想把我的女儿许给我的朋友修里奥。

凡伦丁：那我很知道，殿下，这门亲事要是成功，那的确是门当户对；而且这位先生品行又好、又慷慨、又有才学，令爱配给他真是再好没有了。殿下不能够叫她也喜欢他吗？

公　爵：就是这么说。这孩子脾气坏，没有规矩，瞧不起人，又不听话又固执，一点不懂得孝道；她忘记了她是我的女儿，也不把我当一个父亲那样敬畏。不瞒你说，她这样忤逆，使我对于她的爱也完全消失了。我本来想象我这样年纪的人，有这么一个女儿承欢膝下，也可以娱此余生；现在事与愿违，我已经决定再娶一房妻室；至于我这女儿，谁要她便送给他，她的美貌就是她的嫁奁，因为她既然瞧不起我，当然也不会把我的财产放在心上的。

凡伦丁：关于这件事情，殿下要吩咐我做些什么？

公　爵：在这儿，有一位维洛那地方的姑娘，我看中了她；可是她很贞静幽娴，我这老头子说的话是打不动她的心的。我已经老早忘记了求婚的那一套法子，而且现在时世也不同了，所以我现在要请你教导教导我，怎样才可以使她那太阳一样明亮的眼睛眷顾到我。

凡伦丁：她要是不爱听空话，那么就用礼物去博取她的欢心；无言的珠宝比之流利的言辞，往往更能打动女人的心。

公　爵：我也曾经送过礼物给她，可是她一点不看重它。

凡伦丁：女人有时在表面上装作不以为意，其实心里是万分喜欢的。你应当继续把礼物送去给她，切不可灰心；起先的冷淡，将会使以后的恋爱更加热烈。她要是向你假意生嗔，那不是因为她讨厌你，而是因为她希望你更加爱她。她要是骂你，那不是因为她要你离开，因为女人若是没有人陪着是会气得发疯的。无论她怎么说，你总不要后退，因为她嘴里叫你走，实在并不是要你走。称赞恭维是讨好女人的秘诀；尽管她生得又黑又丑，你不妨说她是天仙化人。一个男人生着三寸不烂之舌，要是说服不了一个女人，那还算是什么男人！

公　爵：可是我所说起的那位姑娘，已经由她的亲族们许配给一个年轻的绅士了。她家里门户森严，任何男人在白天走不进去。

凡伦丁：那么要是我，就在夜里去见她。

公　爵：可是门户密闭，没有钥匙，在夜里更走不进去。

凡伦丁：门里走不进去，不是可以从窗里进去吗？

公　爵：她的寝室在很高的楼上，要是爬上去，准有生命之虞。

凡伦丁：只要找一副轻便的绳梯，用一对铁钩把它抛到窗沿上就成了；若是你有胆量冒这个险，就可以像古诗里的少年那样攀上高楼去和情人幽会。

公　爵：请你看在你世家子弟的身份上，告诉我什么地方可以弄到
　　　　这种梯子。

凡伦丁：你什么时候要用？请你告诉我。

公　爵：我今夜就要；因为恋爱就像小孩一样，想要什么东西巴不
　　　　得立刻就有。

凡伦丁：七点钟我可以给你弄到这么一副梯子来。

公　爵：可是我想一个人去看她，这副梯子怎么带去呢？

凡伦丁：那是很轻便的，你可以把它藏在外套里面。

公　爵：像你这样长的外套藏得下吗？

凡伦丁：可以藏得下。

公　爵：那么让我穿穿你的外套看；我要照这尺寸另做一件。

凡伦丁：啊，殿下，随便什么外套都一样可用的。

公　爵：外套应当怎样穿法才对？请你让我试穿一下吧。（拉开凡
　　　　伦丁的外套）这封是什么信？上面写着的是什么？——给西
　　　　尔维娅！这儿还有我所需要的工具！恕我这回无礼，把这封信
　　　　拆开了。

　　　　　　相思夜夜飞，飞绕情人侧；

　　　　　　身无彩凤翼，无由见颜色。

　　　　　　灵犀虽可通，室迩人常遐，

　　　　　　空有梦魂驰，漫漫怨长夜！

这儿还写着什么？"西尔维娅，请于今夕偕遁。"原来如此，这就是你预备好的梯子！哼，好一副偷天换日的本领！你因为看见星星向你闪耀，就想上去把它们采摘吗？去，你这妄图非分的小人，放肆无礼的奴才！向你的同类们去胁肩谄笑吧！不要以为你自己有什么了不起的地方，我因为不屑和你计较，才叫你立刻离开此地，不来过分为难你。我从前已经给过你太多的恩惠，现在就向你再开一次恩吧。可是你假如不立刻收拾动身，在我的领土上多停留一刻工夫，哼！那时我发起怒来，可要把我从前对你和我女儿的心意都抛开不管了。快去，我不要听你无益的辩解；你要是看重你的生命，就立刻给我走吧。（下）

凡伦丁：与其活着受煎熬，何不一死了事？死不过是把自己放逐出自己的躯壳以外；西尔维娅已经和我合成一体，离开她就是离开我自己，这不是和死同样的刑罚吗？看不见西尔维娅，世上还有什么光明？没有西尔维娅在一起，世上还有什么乐趣？我只好闭上眼睛假想她在旁边，用这样美好的幻影寻求片刻的陶醉。除非夜间有西尔维娅陪着我，夜莺的歌唱只是不入耳的噪音；除非白天有西尔维娅在我的面前，否则我的生命将是一个不见天日的长夜。她是我生命的精华，我要是不能在她的煦护拂庇之下滋养我的生机，就要干枯憔悴而死。即使能逃过他这可怕的判决，我也仍然不能逃避死亡；因为我留在这儿，结果不过一死，可是离开了这儿，就是离开了生命所寄托的一切。

【普洛丢斯及朗斯上。

普洛丢斯：快跑，小子！跑，跑，把他找出来。

朗　斯：喂！喂！

普洛丢斯：你看见什么？

朗　斯：我们所要找的那个人；他头上每一根头发都是凡伦丁。

普洛丢斯：是凡伦丁吗？

凡伦丁：不是。

普洛丢斯：那么是谁？他的鬼吗？

凡伦丁：也不是。

普洛丢斯：那么你是什么？

凡伦丁：我不是什么。

朗　斯：那么你怎么会说话呢？少爷，我打他好不好？

普洛丢斯：你要打谁？

朗　斯：不打谁。

普洛丢斯：狗才，住手。

朗　斯：唷，少爷！我打的不是什么呀；请你让我——

普洛丢斯：我叫你不许放肆。——凡伦丁，我的朋友，让我跟你
　　讲句话儿。

凡伦丁：我的耳朵里满是坏消息，现在就是有好消息也听不见了。

普洛丢斯：那么我还是把我所要说的话埋葬在无言的沉默里吧，因
　　为它们是刺耳而不愉快的。

凡伦丁：难道是西尔维娅死了吗？

普洛丢斯：没有，凡伦丁。

凡伦丁：没有凡伦丁，不错，神圣的西尔维娅已经没有她的凡伦丁了！难道是她把我遗弃了吗？

普洛丢斯：没有，凡伦丁。

凡伦丁：没有凡伦丁，她要是把我遗弃了，世上自然再没有凡伦丁这个人了！那么你有些什么消息？

朗　　斯：凡伦丁少爷，外面贴着告示说把你驱逐了。

普洛丢斯：把你驱逐了。是的，那就是我要告诉你的消息，你必须离开这里，离开西尔维娅，离开我，你的朋友。

凡伦丁：唉！这服苦药我已经咽下去了，太多了将使我噎塞而死。西尔维娅知道我已经被放逐了吗？

普洛丢斯：是的，她听见这个判决以后，曾经流过无数珍珠溶化成的眼泪，跪倒在她凶狠的父亲脚下苦苦哀求，她那皎洁的纤手好像因为悲哀而化为惨白，在她的胸前搓绞着；可是跪地的双膝、高举的玉手、悲伤的叹息、痛苦的呻吟、银色的泪珠，都不能感动她那冥顽不灵的父亲，他坚持着凡伦丁倘在米兰境内被捕，就必须处死；而且当她在恳求他收回成命的时候，他因为她的多事而大为震怒，竟把她关了起来，恫吓着要把她终身禁锢。

凡伦丁：别说下去了，除非你的下一句话能够致我于死命，那么我就请你轻声送进我的耳中，好让我能够从无底的忧伤中获得解放，从此长眠不醒。

普洛丢斯： 事已至此，悲伤也不中用，还是想个补救的办法吧；只要静待时机，总有运命转移的一天。你要是停留在此地，仍旧见不到你的爱人，而且你自己的生命也要保不住。希望是恋人们的唯一凭借，你不要灰心，尽管到远处去吧。虽然你自己不能到这里来，你仍旧可以随时通信，只要写明给我，我就可以把它转交到你爱人的乳白的胸前。现在时间已经很匆促，我不能多多向你劝告，来，我送你出城，在路上我们还可以谈谈关于你的恋爱的一切。你即使不以你自己的安全为重，也应该为你的爱人着想；请你就跟着我走吧。

凡伦丁： 朗斯，你要是看见我那小子，叫他赶快到北城门口会我。

普洛丢斯： 去，狗才，快去找他。来，凡伦丁。

凡伦丁： 啊，我的亲爱的西尔维娅！倒霉的凡伦丁！（凡伦丁、普洛丢斯同下）

朗　斯： 瞧吧，我不过是一个傻瓜，可是我却知道我的主人不是个好人，这且不去说它。没有人知道我也在恋爱了；可是我真的在恋爱了；可是几匹马也不能把这秘密从我嘴里拉出来，我也决不告诉人我爱的是谁。不用说，那是一个女人；可是她是怎样一个女人；这我可连自己也不知道。总之她是一个挤牛奶的姑娘。其实她不是姑娘，因为据说她都养过几个私生子了；可是她是个拿工钱给东家做事的姑娘。她的好处比猎狗还多，这在一个基督徒可就不容易了。这儿是一张清单，记载着她的种种能耐。"第一条，她可供奔走之劳，为人来往取物。"啊，就是一匹马也不过如此；不，马可供奔走之劳，却不能来往取物，所以她比一匹吊儿郎当的马好得多了。"第二条，她会挤牛奶。"听着，一个姑娘要是有着一双干净的手，这是一件很大的好处。

【史比德上。

史比德：喂，朗斯先生，尊驾可好？

朗　斯：我东家吗？他到港口送行去了。

史比德：你又犯老毛病，把词儿听错了。你这纸上有什么新闻？

朗　斯：很不妙，简直是漆黑一团。

史比德：怎么会漆黑一团呢？

朗　斯：咳，不是用墨写的吗？

史比德：让我也看看。

朗　斯：呸，你这呆鸟！你又不识字。

史比德：谁说的？我怎么不识字？

朗　斯：那么我倒要考考你。告诉我，谁生下了你？

史比德：呃，我的祖父的儿子。

朗　斯：哎哟，你这没有学问的浪荡货！你是你祖母的儿子生下来的。这就可见得你是个不识字的。

史比德：好了，你才是个蠢货，不信让我念给你听。

朗　斯：好，拿去，圣尼古拉斯[①]保佑你！

史比德："第一条，她会挤牛奶。"

朗　斯：是的，这是她的拿手本领。

史比德："第二条，她会酿上好的麦酒。"

朗　斯：所以有那么一句古话，"你酿得好麦酒，上帝保佑你。"

史比德："第三条，她会缝纫。"

朗　斯：这就是说：她会逢迎人。

史比德："第四条，她会编织。"

朗　斯：有了这样一个女人，可不用担心袜子破了。

史比德："第五条，她会揩拭抹洗。"

朗　斯：妙极，这样我可以不用替她揩身抹脸了。

史比德："第六条，她会织布。"

朗　斯：这样我可以靠她织布维持生活，舒舒服服地过日子了。

史比德："第七条，她有许多无名的美德。"

朗　斯：正像私生子一样，因为不知谁是他的父亲，所以连自己的姓名也不知道。

史比德："下面是她的缺点。"

朗　斯：紧接在她好处的后面。

---

① 圣尼古拉斯（St.Nicholas）此处是中世纪录事文书等的保护神。

史比德：“第一条，她的口气很臭，未吃饭前不可和她接吻。”

朗　斯：嗯，这个缺点是很容易矫正过来的，只要吃过饭吻她就是了。念下去。

史比德：“第二条，她喜欢吃糖食。”

朗　斯：那可以掩盖住她的口臭。

史比德：“第三条，她常常睡梦里说话。”

朗　斯：那没有关系，只要不在说话的时候打瞌睡就是了。

史比德：“第四条，她说起话来慢吞吞的。”

朗　斯：他妈的，这怎么算是她的缺点？说话慢条斯理是女人最大的美德。请你把这条涂掉，把它改记到她的好处里面。

史比德：“第五条，她很骄傲。”

朗　斯：把这条也涂掉。女人是天生骄傲的，谁也对她无可奈何。

史比德：“第六条，她没有牙齿。”

朗　斯：那我也不在乎，我就是爱啃面包皮的。

史比德：“第七条，她爱发脾气。”

朗　斯：哦，她没有牙齿，不会咬人，这还不要紧。

史比德：“第八条，她喜欢不时喝杯酒。”

朗　斯：是好酒她当然喜欢喝，就是她不喝我也要喝，好东西是人人喜欢的。

史比德：“第九条，她为人太随便。”

朗　斯：她不会随便说话，因为上面已经写着她说起话来慢吞吞

的；她也不会随便用钱，因为我会管牢她的钱袋；至于在另外

的地方随随便便，那我也没有法子。好，念下去吧。

史比德： "第十条，她的头发比智慧多，她的错处比头发多，她的

财富比错处多。"

朗　斯：慢慢，听了这一条，我又想要她，又想不要她；你且给

我再念一遍。

史比德： "她的头发比智慧多——。"

朗　斯：这也许是的，我可以用譬喻证明：包盐的布包袱比盐多，

包住脑袋的头发也比智慧多，因为多的才可以包住少的。下面

怎么说？

史比德： "她的错处比头发多——"

朗　斯：那可糟透了！哎哟，要是没有这句话多么好！

史比德： "她的财富比错处多。"

朗　斯：啊，有这么一句，她的错处也变成好处了。好，我一定

要娶她；要是这门亲事成功，天下没有不可能的事情——

史比德：那么你便怎样？

朗　斯：那么我就告诉你吧，你的主人在北城门口等你。

史比德：等我吗？

朗　斯：等你！嘿，你算什么人！他还等过比你身份高尚的人哩。

史比德：那么我一定要到他那边去吗？

朗　斯：你非得奔去不可，因为你在这里耽搁了这么多的时候，跑

去恐怕还来不及。

史比德：你为什么不早告诉我？他妈的还念什么情书！（下）

朗　斯：他擅自读我的信，现在可要挨一顿揍了。谁叫他不懂规矩，
　　　滥管人家的闲事。我倒要跟上前去，瞧瞧这狗头受些什么教训，
　　　也好让我痛快一番。（下）

第二场：同前。公爵府中一室

　　【公爵及修里奥上。

公　爵：修里奥，不要担心她不爱你，现在凡伦丁已经不在她眼
　　　前了。

修里奥：自从他被放逐以后，她格外讨厌我，不愿跟我在一起，见
　　　了面就要骂我，现在我对于获得她的爱情已经不存什么希望了。

公　爵：这一种爱情的脆弱的刻痕就像冰雪上的纹印一样，只需片
　　　刻的热气，就能把它溶化在水中而消失影踪。她的凝冻的心思
　　　不久就会溶解，那时她就会忘记卑贱的凡伦丁。

　　【普洛丢斯上。

公　爵：啊，普洛丢斯！你的同乡有没有照我的命令离开米兰？

59

普洛丢斯：他已经走了，殿下。

公　爵：我的女儿因为他走了很伤心呢。

普洛丢斯：殿下，过几天她的悲伤就会慢慢消失的。

公　爵：我也这样想，可是修里奥却不以为如此。普洛丢斯，我知道你为人可靠——因为你已经用行动表示你的忠心——现在我要跟你商量商量。

普洛丢斯：只要我活在世上一天，我对于殿下的忠心是永无变更的。

公　爵：你知道我很想把修里奥和我的女儿配合成亲。

普洛丢斯：是，殿下。

公　爵：我想你也不会不知道她是怎样违梗着我的意思。

普洛丢斯：那是当凡伦丁在这儿的时候，殿下。

公　爵：是的，可是她现在仍旧执迷不悟。我们怎样才可以叫这孩子忘记了凡伦丁，转过心来爱修里奥？

普洛丢斯：最好的法子是散播关于凡伦丁的坏话，说他心思不正，行为懦弱，出身寒贱，这三件是女人家听见了最恨的事情。

公　爵：不错，可是她会以为这是人家故意造谣中伤他。

普洛丢斯：是的，如果那种话是出之于他的仇敌之口的话。所以我们必须叫一个她所认为是他的朋友的人，用巧妙婉转的措辞去告诉她。

公　爵：那么这件事就得有劳你了。

普洛丢斯：殿下，那可是我最最不愿意做的事。本来这种事就不是一个上流人所应该做的，何况又是说自己好朋友的坏话。

公　爵：现在你的好话既不能使他得益，那么你对他的诽谤也未必
　　　　对他有什么害处，所以这件事其实是无所谓的，请你瞧在我的
　　　　面上勉为其难吧。

普洛丢斯：殿下既然这么说，那么我也只好尽力效劳，使她不再爱
　　　　他。可是即使她听了我说的关于凡伦丁的坏话，断绝了她对他
　　　　的痴心，那也不见得她就会爱上修里奥。

修里奥：所以你在替她斩断情丝的时候，为了避免它变成纠结紊乱
　　　　的一团，对谁都没有好处，你得把它转系到我的身上；你说了
　　　　凡伦丁怎样一句坏话，就反过来说我怎样一句好话。

公　爵：普洛丢斯，我们敢于信任你去干这件工作，因为我们听见
　　　　凡伦丁说起过，知道你已经是一个爱神龛前的忠实信徒，不会
　　　　见异思迁的！所以我们可以放心让你和西尔维娅自由谈话。她
　　　　现在心绪非常恶劣，因为你是凡伦丁的朋友，她一定高兴你去
　　　　和她谈谈，你就可以婉劝她割绝对凡伦丁的爱情，来爱我的
　　　　朋友。

普洛丢斯：我一定尽我的力量办去。可是修里奥大人，您在恋爱上
　　　　面的功夫还差一点儿，您该写几首缠绵凄恻的情诗，申说着您
　　　　是怎样愿意为她鞠躬尽瘁，才可以笼络住她的心。

公　爵：对了，诗歌感人之力是非常深刻的。

普洛丢斯：您可以说在她美貌的圣坛上，您愿意贡献您的眼泪、您

的叹息，以及您的赤心。您要写到墨水干涸，然后再用眼泪润湿您的笔尖，写下几行动人的诗句，表明您的爱情是如何真诚。因为俄耳甫斯[①]的琴弦是用诗人的心肠作成的，它的金石之音足以使木石为之感动，猛虎听见了会贴耳驯服，巨大的海怪会离开了深不可测的海底，在沙滩上应声起舞。您在寄给她这种悲歌以后，便应该在晚间到她的窗下用柔和的乐器，一声声弹奏出心底的忧伤。黑夜的静寂是适宜于这种温情的哀诉的，只有这样才能博取她的芳心。

公　爵： 你这样循循善诱，足见是情场老手。

修里奥： 我今夜就照你的指教实行。普洛丢斯，我的好师傅，咱们一块儿到城里去访寻几位音乐的好手。我有一首现成的情诗在此，不妨先把它来试一下看。

公　爵： 那么你们立刻就去吧！

普洛丢斯： 我们还要侍候殿下用过晚餐，然后再决定如何进行。

公　爵： 不，现在就去预备起来吧，我不会怪你们的。（同下。）

---

① 俄耳甫斯（Orpheus），希腊神话里的著名歌手，据说他能以歌声使山林、岩石移动，使野兽驯服。

第四幕

第一场：米兰与维洛那之间的森林

【若干强盗上。

盗　甲：弟兄们，站住，我看见有一个过路人来了。

盗　乙：尽管来他十个二十个，大家也不要怕，上前去。

　　　　凡伦丁及史比德上。

盗　丙：站住，老兄，把你的东西丢下来；倘有半个不字，我们就
　　　　要动手抢了。

史比德：少爷，咱们这回完了；这班人就是行路人最害怕的那种
　　　　家伙。

凡伦丁：列位朋友——

盗　甲：你错了，老兄，我们是你的仇敌。

盗　乙：别嚷，听他怎么说。

盗　丙：不错，我们要听听他怎么说，因为他瞧上去还像个好人。

凡伦丁：不瞒列位说，我是一个命运不济的人，除了这一身衣服以外，

实在没有一点财物。列位要是一定要我把衣服脱下，那就等于
把我全部的家财夺走了。

盗　乙：你要到哪里去？

凡伦丁：到维洛那去。

盗　甲：你是从哪儿来的？

凡伦丁：米兰。

盗　丙：你住在那里多久了？

凡伦丁：十六个月；倘不是厄运降临到我身上，我也不会离开米兰的。

盗　乙：怎么，你是给他们驱逐出来的吗？

凡伦丁：是的。

盗　乙：为了什么罪名？

凡伦丁：一提起这件事情，使我心里异常难过。我杀了一个人，现
在觉得十分后悔；可是幸而他是我在一场争斗中杀死的，我并
不曾用诡计阴谋加害于他。

盗　甲：果然是这样，那么你也不必后悔。可是他们就是为了这么
一件小小过失，把你驱逐出境吗？

凡伦丁：是的，他们给我这样的判决，我自己已经认为是一件幸事。

盗　乙：你会讲外国话吗？

凡伦丁：我因为在年轻时候就走远路，所以勉强会说几句，不然有
许多次简直要吃大亏哩。

盗　丙：凭侠盗罗宾汉手下那个胖神父的光头起誓，这个人叫他做

咱们这一伙儿的首领，倒很不错。

盗　甲：我们要收容他。弟兄们，讲句话儿。

史比德：少爷，您去和他们合伙吧；他们倒是一群光明磊落的强
　　　　盗呢。

凡伦丁：别胡说，狗才！

盗　乙：告诉我们，你现在有没有什么事情好做？

凡伦丁：没有，我现在悉听命运的支配。

盗　丙：那么老实对你说吧，我们这一群里面也很有几个良家子
　　　　弟，因为少年气盛，胡作非为，被循规蹈矩的上流社会所摒
　　　　斥。我自己也是维洛那人，因为想要劫走一位公爵近亲的贵家
　　　　嗣女，所以才遭放逐。

盗　乙：我因为一时气恼，把一位绅士刺死了，被他们从曼多亚赶
　　　　了出来。

盗　甲：我也是犯着和他们差不多的小罪。可是闲话少说，我们所
　　　　以把我们的过失告诉你，因为要人知道我们过这种犯法的生涯，
　　　　也是不得已而出此；一方面我们也是见你长得一表人材，照你
　　　　自己说来又会说各国语言，像你这样的人，倒是我们所需要的。

盗　乙：而且尤其因为你也是一个被放逐之人，所以我们破例来和
　　　　你商量。你愿意不愿意做我们的首领？穷途落难，未始不可借
　　　　此栖身，你就像我们一样生活在旷野里吧！

盗　丙：你说怎么样？你愿意和我们同伙吗？你只要答应下来，我

们就推戴你做首领，大家听从你的号令，把你尊为寨主。

盗　甲：可是你倘不接受我们的好意，那你休想活命。

盗　乙：我们决不放你活着回去向人家吹牛。

凡伦丁：我愿意接受列位的好意，和你们大家在一起；可是我也有一个条件，你们不许侵犯无知的女人，也不许劫夺穷苦的旅客。

盗　丙：不，我们一向不干这种卑劣的行为。来，跟我们去吧。我们要带你去见我们的合寨弟兄，把我们所得到的一切金银财宝都给你看，什么都由你支配，我们大家都愿意服从你。

（同下）

第二场：米兰。公爵府中庭园

【普洛丢斯上。

普洛丢斯：我已经对凡伦丁不忠实，现在又必须把修里奥欺诈；我假意替他吹嘘，实际却是为自己开辟求爱的门径。可是西尔维娅是太好、太贞洁、太神圣了，我的卑微的礼物是不能把她污渎的。当我向她申说不变的忠诚的时候，她责备我对朋友的无义；当我向她的美貌誓愿贡献我的一切的时候，她叫我想起被我所背盟遗弃的朱利娅。她的每一句冷酷的讥刺，都可以使一个恋人心灰意懒；可是她越是不理我的爱，我越是像一头猎狗一样不愿放松她。现在修里奥来了；我们就要到她的窗下去，为她奏一支夜曲。

　　　　【修里奥及众乐师上。

修里奥：啊，普洛丢斯！你已经一个人先溜来了吗？

普洛丢斯：是的，为爱情而奔走的人，当他嫌跑得不够快的时候，就会溜了去的。

修里奥：你说得不错；可是我希望你的爱情不是着落在这里吧？

普洛丢斯：不，我所爱的正在这里，否则我到这儿来干么？

修里奥：谁？西尔维娅吗？

普洛丢斯：正是西尔维娅，我为了你而爱她。

修里奥：多谢多谢。现在，各位，大家调起乐器来，用劲地吹奏吧。

　　　　【旅店主上，朱利娅男装随后。

旅店主：我的小客人，你怎么这样闷闷不乐似的，请问你有什么心事呀？

朱利娅：呃，老板，那是因为我快乐不起来。

旅店主：来，我要叫你快乐起来。让我带你到一处地方去，那里你可以听到音乐，也可以见到你所打听的那位绅士。

朱利娅：可是我能够听见他说话吗？

旅店主：是的，你也能够听见。

朱利娅：那就是音乐了。（乐声起）

旅店主：听！听！

朱利娅：他也在这里面吗？

旅店主：是的，可是你别闹，咱们听吧。

（歌）

西尔维娅伊何人，

乃能颠倒众生心？

神圣娇丽且聪明，

天赋诸美萃一身，

俾令举世诵其名。

伊人颜色如花浓，

伊人宅心如春柔；

盈盈纱目启瞢矇，

创平痍复相思瘳，

寸心永驻眼梢头。

弹琴为伊歌一曲，

伊人美好世无伦；

尘世萧条苦寂寞，

唯伊灿耀如星辰；

穿花为束献佳人。

旅店主：怎么，你现在反而更加悲伤了吗？你怎么啦，孩子？这音乐不中你的意吧。

朱利娅：您错了，我恼的是奏音乐的人。

旅店主：为什么，我的好孩子？

朱利娅：因为他奏错了，老人家。

旅店主：怎么，他弹得不对吗？

朱利娅：不是，可是他搅酸了我的心弦。

旅店主：你倒有一双知音的耳朵。

朱利娅：唉！我希望我是个聋子；听了这种音乐，我的心也停止跳动了。

旅店主：我看你是不喜欢音乐的。

朱利娅：像这样刺耳的音乐，我真是一点也不喜欢。

旅店主：听！现在又换了一个好听的曲子了。

朱利娅：嗯，我恼的就是这种变化无常。

旅店主：那么你情愿他们老是奏着一个曲子吗？

朱利娅：我希望一个人终生奏着一个曲子。可是，老板，我们说起的这位普洛丢斯常常到这位小姐这儿来吗？

旅店主：我听他的仆人朗斯告诉我，他爱她爱得什么似的。

朱利娅：朗斯在哪儿？

旅店主：他去找他的狗去了；他的主人吩咐他明天把那狗送去给他的爱人。

朱利娅： 别说话，站开些，这一班人散开了。

普洛丢斯： 修里奥，您放心好了，我一定给您婉转说情，您看我的手段吧。

修里奥： 那么咱们在什么地方会面？

普洛丢斯： 在圣葛雷古利井。

修里奥： 好，再见。（修里奥及众乐师下）

【西尔维娅自上方窗口出现。

普洛丢斯： 小姐，晚安。

西尔维娅： 谢谢你们的音乐，诸位先生。说话的是哪一位？

普洛丢斯： 小姐，您要是知道我的纯洁的真心，您就会听得出我的声音。

西尔维娅： 是普洛丢斯先生吧？

普洛丢斯： 正是您的仆人普洛丢斯，好小姐。

西尔维娅： 您来此有何见教？

普洛丢斯： 我是为侍候您的旨意而来的。

西尔维娅： 好吧，我就让你知道我的旨意，请你赶快回去睡觉吧。你这居心险恶、背信弃义之人！你曾经用你的誓言骗过不知多少人，现在你以为我也这样容易受骗，想用你的甜言来引诱我吗？快点儿回去，设法补赎你对你爱人的罪愆吧。我凭着这苍白的月亮起誓，你的要求是我所绝对不愿允许的；为了你的非分的追求，我从心底里瞧不起你，现在我这样向你多说废话，回头我还要痛恨我自己呢。

普洛丢斯： 亲爱的人儿，我承认我曾经爱过一位女郎，可是她现在已经死了。

朱利娅： （*旁白*）一派胡言，她还没有下葬呢。

西尔维娅： 就算她死了，你的朋友凡伦丁还活着；你自己亲自作证我已经将身心许给他。现在你这样向我絮渎，你也不觉得愧对他吗？

普洛丢斯： 我听说凡伦丁也已经死了。

西尔维娅： 那么你就算我也已经死了吧；你可以相信我的爱已经埋葬在他的坟墓里。

普洛丢斯： 好小姐，让我再把它发掘出来吧。

西尔维娅： 到你爱人的坟上，去把她叫活过来吧；或者至少也可以把你的爱和她埋葬在一起。

朱利娅： （*旁白*）这种话他是听不进去的。

普洛丢斯： 小姐，您既然这样心硬，那么请您允许把您卧室里挂着的您那幅小相赏给我，安慰我这一片痴心吧。我要每天对它说话，向它叹息流泪；因为您的卓越的本人既然爱着他人，那么我不过是一个影子，只好向您的影子贡献我的真情了。

朱利娅： （*旁白*）这画像倘使是一个真人，你也一定会有一天欺骗她，使她像我一样变成一个影子。

西尔维娅： 先生，我很不愿意被你当作偶像，可是你既然是一个虚伪成性的人,那么让你去崇拜虚伪的影子,倒也于你很合适。明儿早上你叫一个人来,我就让他把它带给你。现在你可以去好好地休息了。

普洛丢斯: 正像不幸的人们终夜未眠,等候着清晨的处决一样。

(普洛丢斯、西尔维娅各下)

朱利娅: 老板,咱们也走吧。

旅店主: 哎哟,我睡得好熟!

朱利娅: 请问您,普洛丢斯住在什么地方?

旅店主: 就在我的店里。哎哟,现在天快亮了。

朱利娅: 还没有哩;可是今夜啊,是我一生中最悠长、最难挨的一夜!(同下)

第三场:同前

【爱格勒莫上。

爱格勒莫: 这是西尔维娅小姐约我去见她的时辰,她要差我做一件重要的事情。小姐!小姐!

【西尔维娅在窗口出现。

西尔维娅：是谁？

爱格勒莫：是您的仆人和朋友，来听候您的使唤的。

西尔维娅：爱格勒莫先生，早安！

爱格勒莫：早安，尊贵的小姐！我遵照您的吩咐，一早到这儿来，不知道您要叫我做些什么事？

西尔维娅：啊，爱格勒莫，你是一个正人君子，不要以为我在恭维你，我发誓我说的是真心话，你是一个勇敢、智慧、慈悲、能干的人。你知道我对于被放逐在外的凡伦丁抱着怎样的好感；你也知道我的父亲要强迫我嫁给我所憎厌的骄傲的修里奥。你自己也是恋爱过来的，我曾经听你说过，没有一种悲哀比你真心的爱人死去那时候更使你心碎了，你已经对你爱人的坟墓宣誓终身不娶。爱格勒莫先生，我要到曼多亚去找凡伦丁，因为我听说他住在那边；可是我担心路上不好走，想请你陪着我去，我完全相信你为人可靠。爱格勒莫，不要用我父亲将要发怒的话来劝阻我；请你想一想我的伤心，一个女人的伤心吧；而且我的逃走是为要避免一门最不合适的婚姻，它将会招致不幸的后果。我从我自己充满了像海洋中沙砾那么多的忧伤的心底向你请求，请你答应和我做伴同行；要是你不肯答应我，那么也请你把我对你说过的话保守秘密，让我一个人冒险前去吧。

爱格勒莫：小姐，我非常同情您的不幸；我知道您的用心是纯洁的，所以我愿意陪着您去；我也管不了此去对于我自己利害如何，但愿您能够遇到一切的幸福；您打算什么时候走？

西尔维娅：今天晚上。

爱格勒莫：我在什么地方和您会面？

西尔维娅：在伯特力克神父的修道院里，我想先在那里做一次忏悔

礼拜。

爱格勒莫：我决不失约。再见，好小姐。

西尔维娅：再见，善良的爱格勒莫先生。（各下）

第四场：同前

【朗斯携犬上。】

朗　斯：一个人不走运时，自己的仆人也会像恶狗一样反过来咬他

一口。这畜生，我把它从小喂大；它的三四个兄弟姊妹落下地

来眼睛还没睁开，便给人淹死了，是我把它救了出来。我辛辛

苦苦地教导它，正像人家说的，教一条狗也不过如此。我的主

人要我把它送给西尔维娅小姐，我一脚刚踏进膳厅的门，这作

怪的东西就跳到砧板上把阉鸡腿叨去了。唉，一条狗当着众人

面前，一点不懂规矩，那可真糟糕！按道理说，要是以狗自命，

做起什么事来都应当有几分狗聪明才对。可是它呢？倘不是我比它聪明几分，把它的过失认在自己身上，它早给人家吊死了。你们替我评评理看，它是不是自己找死？它在公爵食桌底下和三四条绅士模样的狗在一起，一下子就撒起尿来，满房间都是臊气。一位客人说，"这是哪儿来的癞皮狗？"另外一个人说，"赶掉它！赶掉它！"第三个人说，"用鞭子把它抽出去！"公爵说，"把它吊死了吧。"我闻惯了这种尿臊气，知道是克来勃干的事，连忙跑到打狗的人面前，说，"朋友，您要打这狗吗？"他说，"是的。"我说，"那您可冤枉了它了，这尿是我撒的。"他就干脆把我打一顿赶了出来。天下有几个主人肯为他的仆人受这样的委屈？我可以对天发誓，我曾经因为它偷了人家的香肠而给人铐住了手脚，否则它早就一命呜呼了；我也曾因为它咬死了人家的鹅而颈上套枷，否则它也逃不了一顿打。你现在可全不记得这种事情了。嘿，我还记得在我向西尔维娅小姐告别的时候，你闹了怎样一场笑话。我不是关照过你，瞧我怎么做你也怎么做吗？你几时看见过我跷起一条腿来当着一位小姐的裙边撒尿？你看见过我闹过这种笑话吗？

　　【普洛丢斯及朱利娅男装上。

普洛丢斯：你的名字叫西巴斯辛吗？我很喜欢你，就要差你做一件事情。

朱利娅：请您吩咐下来吧，我愿意尽力去做。

普洛丢斯：那很好。（向朗斯）喂，你这蠢材！这两天你究竟浪荡
在什么地方？

朗　斯：呃，少爷，我是照您的话给西尔维娅小姐送狗去的。

普洛丢斯：她看见我的小宝贝说些什么话？

朗　斯：呃，她说，您的狗是一条恶狗；她叫我对您说，您这样的
礼物她是不敢领教的。

普洛丢斯：她不接受我的狗吗？

朗　斯：不，她不受；现在我把它带回来了。

普洛丢斯：什么！你帮我把这畜生送给她吗？

朗　斯：是的，少爷；那头小松鼠儿在市场上给那些不得好死的偷
去了，所以我才把我自己的狗送去给她。这条狗比您的狗大十
倍，这礼物的价值当然也要高得多了。

普洛丢斯：快给我去把我的狗找回来；要是找不回来，不用再回来
见我了。快滚！你要我见着你生气吗？这奴才老是替我丢尽了
脸。（朗斯下）西巴斯辛，我所以收容你的缘故，一半是因为
我需要像你这样一个孩子给我做些事情，不像那个蠢汉一样靠
不住；可是大半还是因为我从你的容貌行为上，知道你是一个
受过良好教养、诚实可靠的人。所以记着吧，我是为了这个才
收容你的。现在你就给我去把这戒指送给西尔维娅小姐，它本
来是一个爱我的人送给我的。

朱利娅：大概您已经不爱她了吧，所以把她的纪念物送给别人？是

不是她已经死了？

普洛丢斯： 不，我想她还活着。

朱利娅： 唉！

普洛丢斯： 你为什么叹气？

朱利娅： 我禁不住可怜她。

普洛丢斯： 你为什么可怜她？

朱利娅： 因为我想她爱您就像您爱您的西尔维娅小姐一样，她梦寐怀念着一个忘记了她的爱情的男人；您痴心热恋着一个不愿接受您的爱情的女子。恋爱是这样的参差颠倒，想起来真是可叹！

普洛丢斯： 好，好，你把这戒指和这封信送去给她；那就是她住的房间。对那位小姐说，我要向她索讨她所答应给我的她那幅天仙似的画像。办好了差使以后，你就赶快回来，你会看见我一个人在房里伤心。（下）

朱利娅： 有几个女人愿意干这样一件差使？唉，可怜的普洛丢斯！你找了一头狐狸来替你牧羊了。唉，我才是个傻子！他那样厌弃我，我为什么要可怜他？他因为爱她，所以厌弃我；我因为爱他，所以不能不可怜他。这戒指是我们分别的时候我要他永远记得我而送给他的；现在我这不幸的使者，却要替他求讨我所不愿意他得到的东西，转送我所不愿意送去的东西，称赞我所不愿意称赞的忠实。我真心爱着我的主人，可是我倘要尽忠于他，就只好不忠于自己。没有办法，我只能为他前去求爱，可是我要把这事情干得十分冷淡，天知道！我不愿他如愿以偿。

【西尔维娅上，众女侍随上。

朱利娅：早安，小姐！有劳您带我去见一见西尔维娅小姐。

西尔维娅：假如我就是她，你有什么见教？

朱利娅：假如您就是她的话，那么我奉命而来，有几句话要奉渎清听。

西尔维娅：奉谁的命而来？

朱利娅：我的主人普洛丢斯，小姐。

西尔维娅：噢，他叫你来拿一幅画像吗？

朱利娅：是的，小姐。

西尔维娅：欧苏拉，把我的画像拿来。（女侍取画像至）你把这拿去给你的主人，请你再对他说，有一位被他朝三暮四的心所忘却的朱利娅，是比这个画里的影子更值得他晨昏供奉的。

朱利娅：小姐，请您读一读这封信。——不，请您原谅我，小姐，是我大意送错了信了；这才是给您的信。

西尔维娅：请你让我再瞧瞧那一封。

朱利娅：这是不可以的，好小姐，原谅我吧。

西尔维娅：那么你拿去吧。我不要看你主人的信，我知道里面满是些山盟海誓的话，他说过了就把它丢在脑后，正像我把这纸头撕碎了一样不算一回事。

朱利娅：小姐，他叫我把这戒指送上。

西尔维娅：这尤其是他的不对；我曾经听他说起过上千次，这是他的朱利娅在分别时候给他的。他的没有良心的指头虽然已经玷污了这戒指，我可不愿对不起朱利娅而把它戴上。

朱利娅：她谢谢你。

西尔维娅：你说什么？

朱利娅：我谢谢您，小姐，因为您这样关心她。可怜的姑娘！我的主人太对不起她了。

西尔维娅：你也认识她吗？

朱利娅：我熟悉她的为人，就像知道我自己一样。不瞒您说，我因为想起她的不幸，曾经流过几百次的眼泪哩。

西尔维娅：她多半以为普洛丢斯已经抛弃她了吧。

朱利娅：我想她是这样想着，这也就是她之所以悲伤的缘故。

西尔维娅：她长得好看吗？

朱利娅：小姐，她从前是比现在好看多了。当她以为我的主人很爱她的时候，在我看来她是跟您一样美的；可是自从她无心对镜、懒敷脂粉以后，她的颊上的蔷薇已经不禁风吹而枯萎，她的百合花一样的肤色也已经憔悴下来，现在她是跟我一样的黑丑了。

西尔维娅：她的身材怎样？

朱利娅：跟我差不多高；因为在一次五旬节串演各种戏剧的时候，当地的青年要我扮做女人，把朱利娅小姐的衣服借给我穿着，刚巧合着我的身材，大家说这身衣服就像是为我而裁剪的，所以我知道她跟我差不多高。那时候我扮着阿里阿德涅，悲痛着忒修斯的薄情遗弃；[①] 我表演得那样凄惨逼真，使我那小姐忍不住频频拭泪。现在她自己被人这样对待，怎么不使我为她难过！

西尔维娅：她知道你这样同情她，一定很感激你的。唉，可怜的姑娘，被人这样抛弃不顾！听了你的话，我也要流起泪来了。孩子，为了你那好小姐的缘故，我给你这几个钱，因为你是爱她的。再见。

朱利娅：您要是认识她的话！她也会因为您的善心而感谢您的。

（西尔维娅及侍从下）她是一位贤淑美丽的贵家女子。她这样关切着朱利娅，看来我的主人向她求爱是没有多大希望的。唉，爱情是多么善于愚弄它自己！这一幅是她的画像，让我瞻仰一番。我想，我要是也有这样一顶帽子，我这面庞和她的比起来也是一样可爱；可是画师似乎把她的美貌格外润色了几分，否则就是我自己太顾影自怜了。她的头发是赭色的，我的是纯粹的金黄；他如果就是为了这一点差别而爱她，那么我愿意装上一头假发。她的灰色的眼睛像水晶一样清澈，我的眼睛也是一样；可是我的额角比她的高些。爱神倘不是盲目的，那么我

---

① 五旬节（Pentecost）逾越节后第五十日，为庆祝收获之节日。忒修斯是传说中之雅典英雄，为阿里阿德涅所恋；忒修斯得后者之助，深入迷宫，杀死半牛半人之食人怪兽；唯其后卒将该女遗弃。

有哪一点赶不上她？把这影子卷起来吧，它是你的情敌呢。啊，你这无知无觉的形象！他将要崇拜你、爱慕你、吻你、抱你；倘使他的盲目的恋爱是有几分理性的话，他就应该爱我这血肉之身而忘记了你；可是因为她没有错待我，所以我也要爱惜你、珍重你；不然的话，我要发誓剜去你那双视而不见的眼睛，好让我的主人不再爱你。（下）

第 五 幕

第一场：米兰。一寺院

【爱格勒莫上。

爱格勒莫： 太阳已经替西天镀上了金光！西尔维娅约我在伯特力克
神父的修道院里会面的时候快要到了。她是不会失约的，因为
在恋爱中的人们总是急于求成，只有提前早到，决不会误了钟
点。瞧，她已经来啦。

【西尔维娅上。

爱格勒莫： 小姐，晚安！

西尔维娅： 阿门，阿门！好爱格勒莫，快打寺院的后门出去，我怕
有暗探在跟随着我。

爱格勒莫： 别怕，离这儿不满十英里就是森林，只要我们能够到得
那边，准可万无一失。（同下）

第二场：同前。公爵府中一室

【修里奥、普洛丢斯及朱利娅上。

修里奥： 普洛丢斯，西尔维娅对于我的求婚作何表示？

普洛丢斯： 啊，老兄，她的态度比原先软化得多了；可是她对于您的相貌还有几分不满。

修里奥： 怎么！她嫌我的腿太长吗？

普洛丢斯： 不，她嫌它太瘦小了。

修里奥： 那么我就穿上一双长统靴子去，好叫它瞧上去粗一些。

朱利娅： （旁白）你可不能把爱情一靴尖踢到它所憎嫌的人的怀里啊！

修里奥： 她怎样批评我的脸？

普洛丢斯： 她说您有一张俊俏的小白脸。

修里奥： 这丫头胡说八道，我的脸是又粗又黑的。

普洛丢斯： 可是古话说，"粗黑的男子，是美人眼中的明珠。"

朱利娅： （旁白）不错，这种明珠会耀得美人们睁不开眼来，我见了他就宁愿闭上眼睛。

修里奥： 她对于我的言辞谈吐觉得怎样？

普洛丢斯： 当您讲到战争的时候，她是会觉得头痛的。

修里奥： 那么当我讲到恋爱的时候，她是很喜欢的吗？

朱利娅： （旁白）你一声不响人家才更满意呢。

修里奥： 她对于我的勇敢怎么说？

普洛丢斯： 啊，那是她一点都不怀疑的。

朱利娅： （旁白）她不必怀疑，因为她早知道他是一个懦夫。

修里奥： 她对于我的家世怎么说？

普洛丢斯： 她说您系出名门。

朱利娅： （旁白）不错，他是个辱没祖先的不肖子孙。

修里奥： 她看重我的财产吗？

普洛丢斯： 啊，是的，她还觉得十分痛惜呢。

修里奥： 为什么？

朱利娅： （旁白）因为偌大财产都落在一头蠢驴的手里。

普洛丢斯： 因为它们都典给人家了。

朱利娅： 公爵来了。

【公爵上。

公　爵： 啊，普洛丢斯！修里奥！你们两人看见过爱格勒莫没有？

修里奥： 没有。

普洛丢斯： 我也没有。

公　爵： 你们看见我的女儿吗？

普洛丢斯： 也没有。

公　爵：啊呀，那么她已经私自出走，到凡伦丁那家伙那里去了，爱格勒莫一定是陪着她去的。一定是的，因为劳伦斯神父在林子里修行的时候，曾经看见他们两个人；爱格勒莫他是认识的，还有一个人他猜想是她，可是因为她假扮着，所以不能十分确定。而且她今晚本来要到伯特力克神父修道院里做忏悔礼拜，可是她却不在那里。这样看来，她的逃走是完全证实了。我请你们不要站在这儿多讲话，赶快备好马匹，咱们在通到曼多亚去的山麓高地上会面，他们一准是到曼多亚去的。赶快整装出发吧。（下）

修里奥：真是一个不懂好歹的女孩子，叫她享福她偏不享。我要追他们去，叫爱格勒莫知道些厉害，却不是为了爱这个不知死活的西尔维娅。（下）

普洛丢斯：我也要追上前去，为了西尔维娅的爱，却不是对那和她同走的爱格勒莫有什么仇恨。（下）

朱利娅：我也要追上前去，阻碍普洛丢斯对她的爱情，却不是因为恼恨为爱而出走的西尔维娅。（下）

第三场：曼多亚边境。森林

【众盗挟西尔维娅上。

盗　甲：来，来，不要急，我们要带你见寨主去。

西尔维娅：无数次不幸的遭遇，使我学会了如何忍耐今番这一次。

盗　乙：来，把她带走。

盗　甲：跟她在一起的那个绅士呢？

盗　丙：他因为跑得快，给他逃掉了，可是摩瑟斯和伐勒律斯已经向前追去了。你带她到树林的西边尽头，我们的首领就在那里。我们再去追那逃走的家伙，四面包围得紧紧的，料他逃不出去。

（除盗甲及西尔维娅外余人同下）

盗　甲：来，我带你到寨里去见寨主。别怕！他是个光明正大的汉子，不会欺侮女人的。

西尔维娅：凡伦丁啊！我是为了你才忍受这一切的。（同下）

第四场：森林的另一部分

【凡伦丁上。

凡伦丁： 习惯是多么能够变化人的生活！在这座浓荫密布、人迹罕至的荒林里，我觉得要比人烟繁杂的市镇里舒服得多。我可以在这里一人独坐，和着夜莺的悲歌调子，泄吐我的怨恨忧伤。唉，我那心坎里的人儿呀，不要长久抛弃你的殿堂吧，否则它会荒芜而颓圮，不留下一点可以供人凭吊的痕迹！我这破碎的心，是要等着你来修补呢，西尔维娅！你温柔的女神，快来安慰你的寂寞孤零的恋人呀！今天什么事这样吵吵闹闹的？这一班是我的弟兄们，他们不受法律的管束，现在不知又在追赶哪一个倒霉的旅客了。他们虽然厚爱我，可是我也费了不少气力，才叫他们不要做什么非礼的暴行。且慢，谁到这儿来啦？待我退后几步看个明白。

【普洛丢斯、西尔维娅及朱利娅上。

普洛丢斯： 小姐，您虽然看不起我，可是这次我是冒着生命的危险，把您从那个家伙手里救了出来！保全了您的清白。就凭着这一点微劳，请您向我霁颜一笑吧；我不能向您求讨一个比这更小

87

的恩惠，我相信您也总不致拒绝我这一个最低限度的要求。

凡伦丁：（旁白）我眼前所见所闻的一切，多么像一场梦景！爱神哪，
　　　请你让我再忍耐一会儿吧！

西尔维娅：啊，我是多么倒霉，多么不幸！

普洛丢斯：在我没有到来之前，小姐，您是不幸的；可是因为我来
　　　得凑巧，现在不幸已经变成大幸了。

西尔维娅：因为你来了，所以我才更不幸。

朱利娅：（旁白）因为他找到了你，我才不幸呢。

西尔维娅：要是我给一头饿狮抓住，我也宁愿给它充作一顿早餐，
　　　不愿让薄情无义的普洛丢斯把我援救出险。啊，上天作证，我
　　　是多么爱凡伦丁，他的生命就是我的灵魂。正像我把他爱到极
　　　点一样，我也痛恨背盟无义的普洛丢斯到极点。快给我走吧，
　　　别再缠绕我了。

普洛丢斯：只要您肯温和地看我一眼，无论什么与死为邻的危险事
　　　情，我都愿意为您去做。唉，这是爱情的永久的咒诅，一片痴
　　　心难邀美人的眷顾！

西尔维娅：普洛丢斯不爱那爱他的人，怎么能叫他爱的人爱他？想
　　　想你从前深恋的朱利娅吧，为了她你曾经发过一千遍誓诉说你
　　　的忠心，现在这些誓言都变成了谎话，你又想把它们拿来骗我
　　　了。你简直是全无人心，不然就是有二心，这比全然没有更坏；
　　　一个人应该只有一颗心，不该朝三暮四。你这出卖真诚朋友的

无耻之徒！

普洛丢斯： 一个人为了爱情，怎么还能顾到朋友呢？

西尔维娅： 只有普洛丢斯才是这样。

普洛丢斯： 好，我的婉转哀求要是打不动您的心，那么我只好像一个军人一样，用武器来向您求爱，强迫您接受我的痴情了。

西尔维娅： 天啊！

普洛丢斯： 我要强迫你服从我。

凡伦丁： （上前）混账东西，不许无礼！你这冒牌的朋友！

普洛丢斯： 凡伦丁！

凡伦丁： 卑鄙奸诈、不忠不义的家伙，现今世上就多的是像你这样的朋友！你欺骗了我的一片真心；要不是我今天亲眼看见，我万万想不到你竟是这样一个人。现在我不敢再说我在世上有一个朋友了。要是一个人的心腹股肱都会背叛他，那么还有谁可以信托？普洛丢斯，我从此不再相信你了；茫茫人海之中，从此我只剩孑然一身。这种冷箭的创伤是最深的；自己的朋友竟会变成最坏的仇敌，世间还有比这更可痛心的事吗？

普洛丢斯： 我的羞愧与罪恶使我说不出话来。饶恕我吧，凡伦丁！如果真心的悔恨可以赎取罪愆，那么请你原谅我这一次吧！我现在的痛苦决不下于我过去的罪恶。

凡伦丁： 那就罢了，你既然真心悔过，我也就不再计较，仍旧把你当作一个朋友。能够忏悔的人，无论天上人间都可以不咎既往。

上帝的愤怒也会因为忏悔而平息的。为了表示我对你的友情的坦率真诚起见，我愿意把我在西尔维娅心中的地位让给你。

朱利娅： 我好苦啊！（晕倒）

普洛丢斯： 瞧这孩子怎么啦？

凡伦丁： 喂，孩子！喂，小鬼！啊，怎么一回事？醒过来！你说话呀！

朱利娅： 啊，好先生，我的主人叫我把一个戒指送给西尔维娅小姐，可是我粗心把它忘了。

普洛丢斯： 那戒指呢，孩子？

朱利娅： 在这儿，这就是。（以戒指交普洛丢斯）

普洛丢斯： 啊，让我看。咦，这是我给朱利娅的戒指呀。

朱利娅： 啊，请您原谅，我弄错了；这才是您送给西尔维娅的戒指。

（取出另一戒指）

普洛丢斯： 可是这一个戒指是我在动身的时候送给朱利娅的，现在怎么会到你的手里？

朱利娅： 朱利娅自己把它给我，而且她自己把它带到这儿来了。

普洛丢斯： 怎么！朱利娅！

朱利娅： 曾经听过你无数假誓、从心底里相信你不会骗她的朱利娅就在这里，请你瞧个明白吧！普洛丢斯啊，你看见我这样装束，也该脸红了吧！我的衣着是这样不成体统，如果为了爱而伪装是可羞的事，你的确应该害羞！可是比起男人的变换心肠来，女人的变换装束是不算一回事的。

普洛丢斯： 比起男人的变换心肠来！不错，天啊！男人要是始终
如一，他就是个完人；因为他有了这一个错处，便使他无往而
不错，犯下了各种的罪恶。变换的心肠总是不能维持好久的。
我要是心情忠贞，那么西尔维娅的脸上有哪一点不可以在朱利
娅脸上同样找到，而且还要更加鲜润！

凡伦丁： 来，来，让我给你们握手，从此破镜重圆，把旧时的恩怨
一笔勾销吧。

普洛丢斯： 上天为我作证，我的心愿已经永远得到满足。

朱利娅： 我也别无他求。

众　盗： 拥公爵及修里奥上。

众　盗： 发了利市了！发了利市了！

凡伦丁： 弟兄们不得无礼！这位是公爵殿下。殿下，小人是被放逐
的凡伦丁，在此恭迎大驾。

公　爵： 凡伦丁！

修里奥： 那边是西尔维娅，她是我的。

凡伦丁： 修里奥，放手，否则我马上叫你死。不要惹我发火，要是
你再说一声西尔维娅是你的，你就休想回到维洛那去。她现在
站在这儿，你倘敢碰她一碰，或者向我的爱人吹一口气的话，
就叫你尝尝厉害。

修里奥： 凡伦丁，我不要她，我不要。谁要是愿意为一个不爱他的
女人而去冒生命的危险，那才是个大傻瓜哩。我不要她，她就

算是你的吧。

公　爵：你这卑鄙无耻的小人！从前那样向她苦苦追求，现在却这样把她轻轻放手。凡伦丁，凭我的阀起誓，我很佩服你的大胆，你是值得一个女皇的眷宠的。现在我愿忘记以前的怨恨，准你回到米兰去，为了你的无比的才德，我要特别加惠于你；另外，我还要添上这么一条：凡伦丁，你是个出身良好的上等人，西尔维娅是属于你的了，因为你已经可以受之而无愧。

凡伦丁：谢谢殿下，这样的恩赐，使我喜出望外。现在我还要请求殿下看在令爱的面上，答应我一个要求。

公　爵：无论什么要求，我都可以看在你的面上答应你。

凡伦丁：这一班跟我在一起的被放逐之人，他们都有很好的品性，请您宽恕他们在这儿所干的一切，让他们各回家乡。他们都是真心悔过、温和良善、可以干些大事业的人。

公　爵：准你所请，我赦免了他们，也赦免了你。你就照他们各人的才能安置他们吧。来，我们走吧，我们要结束一切不和，摆出盛大的仪式，欢欢喜喜地回家。

凡伦丁：我们一路走着的时候！我还要大胆向殿下说一个笑话。您看这个童儿好不好？

公　爵：这孩子倒是很清秀文雅的，他在脸红呢。

凡伦丁：殿下，他清秀是很清秀的，文雅也很文雅，可是他却不是个童儿。

公　爵：你这话是什么意思？

凡伦丁：请您许我在路上告诉您这一切奇怪的遭遇吧。来，普洛丢斯，我们要讲到你的恋爱故事，让你听着难过难过；之后，我们的婚期也就是你们的婚期，大家在一块儿欢宴，一块儿居住，一块儿过着快乐的日子。（同下）

特洛伊罗斯与克瑞西达

剧中人物

普里阿摩斯：特洛伊国王

赫克托

特洛伊罗斯

帕里斯：普里阿摩斯之子

得伊福玻斯

赫勒诺斯

玛伽瑞隆：普里阿摩斯的庶子

特洛伊将领

埃涅阿斯

安忒诺

卡尔卡斯：特洛伊祭司，投降于希腊

潘达洛斯：克瑞西达的舅父

阿伽门农：希腊主帅

墨涅拉俄斯：阿伽门农之弟

阿喀琉斯

埃阿斯

俄底修斯

希腊将领

涅斯托

狄俄墨得斯

帕特洛克罗斯

忒耳西忒斯：丑陋而好谩骂的希腊人

亚历山大：克瑞西达的仆人

特洛伊罗斯的仆人

帕里斯的仆人

狄俄墨得斯的仆人

海伦：墨涅拉俄斯之妻

安德洛玛刻：赫克托之妻

卡珊德：拉普里阿摩斯之女，能预知未来

克瑞西达：卡尔卡斯之女

特洛伊及希腊兵士、侍从等

地点

特洛伊；特洛伊郊外的希腊营地

开场白

这一场戏的地点是在特洛伊。一群心性高傲的希腊王子，怀着满腔的愤怒，把他们满载着准备一场恶战的武器的船舶会集在雅典港口；六十九个戴着王冠的武士，从雅典海湾浩浩荡荡向弗里吉亚出发；他们立誓荡平特洛伊，因为在特洛伊的坚强的城墙内，墨涅拉俄斯的王妃，失了身的海伦，正在风流的帕里斯怀抱中睡着；这就是引起战衅的原因。他们到了忒涅多斯，从庞大的船舶上搬下了他们的坚甲利兵；这批新上战场未临矢石的希腊人，就在达耳丹平原上扎下他们威武的营寨。普里阿摩斯的城市的六个城门，达耳丹、丁勃里亚、伊里亚斯、契他斯、特洛琴和安替诺力第斯，都用重重的铁锁封闭起来，关住了特洛伊的健儿。一边是特洛伊人，一边是希腊人，两方面各自提心吊胆，不知道谁胜谁败；正像我这念开场白的人，又要担心编剧的一只笔太笨拙，又要担心演戏的嗓子太坏，不知道这本戏究竟演得像个什么样子。在座的诸位观众，我要声明一句，我们并不从这场战争开始的时候演起，却是从中途开始的；后来的种种事实，都尽量在这出戏里表演出来。诸位欢喜它也好，不满意也好，都随诸位的高兴；本来胜败兵家常事，万一我们演得不好，也是不足为奇的呀。

第 一 幕

第一场：特洛伊。普里阿摩斯王宫门前

【特洛伊罗斯披甲胄上，潘达洛斯随上。

特洛伊罗斯： 叫我的仆人来，我要把盔甲脱下了。我自己心里正在发生激战，为什么还要到特洛伊的城外去作战呢？让每一个能够主宰自己的心的特洛伊人去上战场吧：唉！特洛伊罗斯的心早就不属于他自己了。

潘达洛斯： 您不能把您的精神振作起来吗？

特洛伊罗斯： 希腊人又强壮、又有智谋，又凶猛、又勇敢；我却比妇人的眼泪还柔弱，比睡眠还温驯，比无知的蠢汉还痴愚，比夜间的处女还怯懦，比不懂事的婴儿还笨拙。

潘达洛斯： 好，我的话也早就说完了；我自己实在不愿再多管什么闲事。一个人要吃面饼，总得先等把麦子磨成了面粉。

特洛伊罗斯： 我不是已经等过了吗？

潘达洛斯： 嗯，您已经等到麦子磨成了面粉；可是您必须再等面粉

放在筛里筛过。

特洛伊罗斯： 那我不是也已经等过了吗？

潘达洛斯： 嗯，您已经等到面粉放在筛里筛过；可是您必须再等它发起酵来。

特洛伊罗斯： 那我也已经等过了。

潘达洛斯： 嗯，您已经等它发过酵了；可是以后您还要等面粉搓成了面团，炉子里生起了火，把面饼烘熟；就是烘熟以后，您还要等它凉一凉，免得烫痛了您的嘴唇。

特洛伊罗斯： 忍耐的女神也没有遭受过像我所遭受的那么多的苦难的煎熬。我坐在普里阿摩斯的华贵的食桌前，只要一想起美丽的克瑞西达——该死的家伙！"只要一想起"！什么时候她离开过我的脑海呢？

潘达洛斯： 嗯，我从来没有看见过她像昨天晚上那样美丽，她比无论哪一个女人都美丽。

特洛伊罗斯： 我要告诉你：当我那颗心好像要被叹息劈成两半的时候，为了恐怕被赫克托或是我的父亲觉察，我不得不把这叹息隐藏在笑纹的后面，正像懒洋洋的阳光勉强从阴云密布的天空探出头来一样；可是强作欢娱的忧伤，是和乐极生悲同样使人难堪的。

潘达洛斯： 她的头发倘不是比海伦的头发略微黑了点儿——嗯，那也不用说了，她们两个人是不能相比的；可是拿我自己来说，她是我的外甥女，我当然不好意思像人家所说的那样过分夸奖她，不过我倒很希望有人听见她昨天的谈话，就像我听见的一样。令姊卡珊德拉的口才固然很好，可是——

特洛伊罗斯：啊，潘达洛斯！我对你说，潘达洛斯——当我告诉你我的希望沉没在什么地方的时候，你不该回答我它们葬身的深渊有多么深。我告诉你，我为了爱克瑞西达都快发疯了；你却回答我她是多么美丽，把她的眼睛、她的头发、她的面庞、她的步态、她的语调，尽量倾注在我心头的伤口上。啊！你口口声声对我说，一切洁白的东西，和她的玉手一比，都会变成墨水一样黝黑，写下它们自己的谴责；比起她柔荑的一握来，天鹅的绒毛是坚硬的，最敏锐的感觉相形之下，也会迟钝得好像农夫的手掌。当我说我爱她的时候，你这样告诉我；你的话并没有说错，可是你不但不替我在爱情所加于我的伤痕上敷抹油膏，反而用刀子加深我的一道道伤痕。

潘达洛斯：我说的不过是真话。

特洛伊罗斯：你的话还没有说到十分。

潘达洛斯：真的，我以后不管了。随她美也好，丑也好，她果然是美的，那是她自己的福气；要是她不美，也只好让她自己去设法补救。

特洛伊罗斯：好潘达洛斯，怎么啦，潘达洛斯！

潘达洛斯：我为你们费了许多的气力，她也怪我，您也怪我，在你们两人中间跑来跑去，今天一趟，明天一趟，也不曾听见一句感谢的话。

特洛伊罗斯：怎么！你生气了吗，潘达洛斯？怎么！生我的气吗？

潘达洛斯：因为她是我的亲戚，所以她就比不上海伦美丽；倘使她不是我的亲戚，那么她穿着平日的衣服也像海伦穿着节日的衣服一样美丽。可是那跟我有什么相干呢！即使她是个又黑又丑的人，也不关我的事。

特洛伊罗斯：我说她不美吗？

潘达洛斯：您说她美也好，说她不美也好，我都不管。她是个傻瓜，不跟她父亲去，偏要留在这儿；让她到希腊人那儿去吧，下次我看见她的时候，一定这样对她说。拿我自己来说，那么我以后可再也不管人家的闲事了。

特洛伊罗斯：潘达洛斯——

潘达洛斯：我什么都不管。

特洛伊罗斯：好潘达洛斯——

潘达洛斯：请您别再跟我多说了！言尽于此，我还是让一切照旧的好。（潘达洛斯下，号角声）

特洛伊罗斯：别吵，你们这些聒耳的喧哗！别吵，粗暴的声音！两方面都是些傻瓜！无怪海伦是美丽的，因为你们每天用鲜血涂染着她的红颜。我不能为了这一个理由去和人家作战；它对于我的剑是一个太贫乏的题目。可是潘达洛斯——老天爷！您怎么这样作弄我！我要向克瑞西达传达我的情愫，只有靠着潘达洛斯的力量，可是求他去说情，他自己就是这么难说话，克瑞西达又是那么凛若冰霜，把一切哀求置之不闻。阿波罗，为了你对达芙妮的爱，告诉我，克瑞西达是什么，潘达洛斯是什么，我们都是些什么；她的眠床就是印度；她睡在上面，是一颗无价的明珠；一道汹涌的波涛隔开在我们的中间；我是个采宝的商人，这个潘达洛斯便是我的不可靠的希望，我的载登彼岸的渡航。

【号角声。埃涅阿斯上。

埃涅阿斯： 啊，特洛伊罗斯王子！您怎么不上战场去？

特洛伊罗斯： 我不上战场就是因为我不上战场：这是一个娘儿们的答案，因为不上战场就不是男子汉的行为。埃涅阿斯，战场上今天有什么消息？

埃涅阿斯： 帕里斯受了伤回来了。

特洛伊罗斯： 谁伤了他，埃涅阿斯？

埃涅阿斯： 墨涅拉俄斯。

特洛伊罗斯： 让帕里斯流血吧；他掳了人家的妻子来，就让人家的犄角碰伤了，也只算礼尚往来。（号角声）

埃涅阿斯： 听！今天城外厮杀得多么热闹！

特洛伊罗斯： 我倒宁愿在家里安静点儿。可是我们也去凑凑热闹吧；

你是不是要到那里去？

埃涅阿斯： 我立刻就去。

特洛伊罗斯： 好，那么我们一块儿去吧。（同下）

第二场：同前。街道

【克瑞西达及亚历山大上。

克瑞西达： 走过去的那些人是谁？

亚历山大： 赫卡柏王后和海伦。

克瑞西达： 她们到什么地方去？

亚历山大： 她们是上东塔去的，从塔上可以俯瞰山谷，看到战事的进行。赫克托素来是个很有涵养的人，今天却发了脾气；他骂过他的妻子安德洛玛刻，打过给他造甲胄的人；看来战事吃紧，在太阳升起以前他就披着轻甲，上战场去了；那战地上的每一朵花，都像一个先知似的，在赫克托的愤怒中看到了将要发生的一场血战而凄然堕泪。

克瑞西达： 他为什么发怒？

亚历山大： 据说是这样的：在希腊军队里有一个特洛伊血统的将领，

同赫克托是表兄弟；他们叫他做埃阿斯。

克瑞西达： 好，他怎么样？

亚历山大： 他们说他是个与众不同的人，而且单独站得住脚的男子汉。

克瑞西达： 个个男子都是如此的呀，除非他们喝醉了，病了，或是没有了腿。

亚历山大： 这个人，姑娘，从许多野兽身上偷到了它们的特点：他像狮子一样勇敢，熊一样粗蠢，象一样迟钝。造物在他身上放进了太多的怪脾气，以至于把他的勇气揉成了愚蠢，在他的愚蠢之中，却又有几分聪明。每一个人的好处，他都有一点；每一个人的坏处，他也都有一点。他会无缘无故地垂头丧气，也会莫名其妙地兴高采烈。什么事情他都懂得几分，可是什么都是鸡零狗碎的，就像一个害着痛风的布里阿洛斯①，生了许多的手，一点用处都没有；又像一个昏眊的阿耳戈斯②，生了许多的眼睛，瞧不见什么东西。

克瑞西达： 可是这个人我听了觉得好笑，怎么会把赫克托激怒了呢？

亚历山大： 他们说他昨天和赫克托交战，把赫克托打下马来；赫克

---

① 布里阿洛斯：希腊神话中百手的巨人。

② 阿耳戈斯：希腊神话中的百眼怪物。

托受到这场耻辱，气得饭也吃不下，觉也睡不着。

克瑞西达： 谁来啦？

【潘达洛斯上。

亚历山大： 姑娘，是您的舅父潘达洛斯。

克瑞西达： 赫克托是一条好汉。

亚历山大： 他在这世上可算是一条好汉，姑娘。

潘达洛斯： 你们说些什么？你们说些什么？

克瑞西达： 早安，潘达洛斯舅舅。

潘达洛斯： 早安，克瑞西达外甥女。你们在那儿讲些什么？早安，
亚历山大。你好吗，外甥女？你什么时候到王宫里去的？

克瑞西达： 今天早上，舅舅。

潘达洛斯： 我来的时候你们在讲些什么？赫克托在你进宫去的时候
已经披上甲出去了吗？海伦还没有起来吗？

克瑞西达： 赫克托已经出去了，海伦还没有起来。

潘达洛斯： 是这样吗？赫克托起来得倒很早。

克瑞西达： 我们刚才就在讲这件事，也说起了他发怒的事情。

潘达洛斯： 他在发怒吗？

克瑞西达： 这个人说他在发怒。

潘达洛斯： 不错，他是在发怒；我也知道他为什么发怒。大家瞧着吧，
他今天一定要显一显他的全身本领；还有特洛伊罗斯，他的武
艺也不比他差多少哩；大家留意特洛伊罗斯吧，看我的话有没

有错。

克瑞西达：什么！他也发怒了吗？

潘达洛斯：谁，特洛伊罗斯吗？这两个人比较起来，还是特洛伊罗斯强。

克瑞西达：天哪！这两个人怎么能相比？

潘达洛斯：什么！

特洛伊罗斯：不能跟赫克托相比吗？你难道有眼不识英雄吗？

克瑞西达：嗯，要是我见过他，我会认识他的。

潘达洛斯：好，我说特洛伊罗斯是特洛伊罗斯。

克瑞西达：那么您的意思跟我一样，因为我相信他一定不是赫克托。

潘达洛斯：赫克托也有不如特洛伊罗斯的地方。

克瑞西达：不错，他们各人有各人的本色；各人都是他自己。

潘达洛斯：他自己！唉，可怜的特洛伊罗斯！我希望他是他自己。

克瑞西达：他正是他自己呀。

潘达洛斯：除非我赤了脚去印度朝拜了回来。

克瑞西达：他该不是赫克托哪。

潘达洛斯：他自己！不，他不是他自己。但愿他是他自己！好，天神在上，时间倘不照顾人，就会摧毁人的。好，特洛伊罗斯，好！我巴不得我的心在她的胸膛里。不，赫克托并不比特洛伊罗斯强。

克瑞西达：对不起。

潘达洛斯： 他年纪大了些。

克瑞西达： 对不起，对不起。

潘达洛斯： 那一个还不曾到他这样的年纪；等到那一个也到了这样的年纪，你就要对他刮目相看了。赫克托今年已经老得有点头脑糊涂了，他没有特洛伊罗斯的聪明。

克瑞西达： 他有他自己的聪明，用不着别人的聪明。

潘达洛斯： 也没有特洛伊罗斯的才能。

克瑞西达： 那也用不着。

潘达洛斯： 也没有特洛伊罗斯的漂亮。

克瑞西达： 那是和他的威武不相称的；还是他自己的相貌好。

潘达洛斯： 外甥女，你真是不生眼睛。海伦前天也说过，特洛伊罗斯虽然皮肤黑了点儿——我必须承认他的皮肤是黑了点儿，不过也不算怎么黑——

克瑞西达： 不，就是有点儿黑。

潘达洛斯： 凭良心说，黑是黑的，可是也不算黑。

克瑞西达： 说老实话，真是真的，可是有点儿假。

潘达洛斯： 她说他的皮肤的颜色胜过帕里斯。

克瑞西达： 啊，帕里斯的皮肤难道血色不足吗？

潘达洛斯： 不，他的血色很足。

克瑞西达： 那么特洛伊罗斯的血色就嫌太多了：要是她说他的皮肤的颜色胜过帕里斯，那么他的血色一定比帕里斯更旺；一个血色已经很足，一个却比他更旺，那一定红得像火烧一样，还有什么好看。我倒还是希望海伦的金口恭维特洛伊罗斯长着一个紫铜色的鼻子。

潘达洛斯： 我向你发誓，我想海伦爱他胜过帕里斯哩。

克瑞西达： 那么她真是一个风流的希腊女人了。

潘达洛斯： 是的，我的的确确知道她爱着他。有一天她跑到他的房间里去——你知道他的下巴上一共不过长着三四根胡子。

克瑞西达： 不错，一个酒保都可以很快地把他的胡须算出一个总数来。

潘达洛斯： 他年纪很轻，可是他的哥哥赫克托能够举起的重量，他也举得起来。

克瑞西达： 他这样一个年轻人，居然就已经是举重能手了吗？

潘达洛斯： 可是我要向你证明海伦的确爱他：她跑过去用她白嫩的手摸他那分岔的下巴——

克瑞西达： 我的天哪！怎么会有分岔的下巴呢？

潘达洛斯： 你知道他的脸上有酒窝，他笑起来比弗里吉亚的任何人都好看。

克瑞西达： 啊，他笑得很好看。

潘达洛斯： 不是吗？

克瑞西达： 是，是，就像秋天起了乌云一般。

潘达洛斯： 那才怪呢。可是我要向你证明海伦爱着特洛伊罗斯——

克瑞西达： 要是您证明有这么一回事，特洛伊罗斯一定不会否认。

潘达洛斯： 特洛伊罗斯！嘿，他才不把她放在心上，就像我瞧不起一个坏蛋一样呢。

克瑞西达： 要是您喜欢吃坏蛋，就像您喜欢胡说八道一样，那您一定会在蛋壳里找小鸡吃。

潘达洛斯： 我一想到她怎样摸弄他的下巴，就忍不住发笑；她的手真是白得出奇，我必须承认——

克瑞西达： 这一点是不用上刑罚您也会承认的。

潘达洛斯： 她在他的下巴上发现了一根白须。

克瑞西达： 唉！可怜的下巴！许多人的肉瘤上都长着比它更多的毛呢。

潘达洛斯： 可是大家都笑得不亦乐乎；赫卡柏王后笑得眼珠都打起滚来。

克瑞西达： 就像两块磨石似的。

潘达洛斯： 卡珊德拉也笑。

克瑞西达： 可是她的眼睛底下火烧得不是顶猛；她的眼珠也打滚吗？

潘达洛斯： 赫克托也笑。

克瑞西达： 他们究竟都在笑些什么？

潘达洛斯： 哈哈，他们就是笑海伦在特洛伊罗斯下巴上发现的那根白须。

克瑞西达： 倘若那是一根绿须，那么我也要笑起来了。

潘达洛斯：这根胡须还不算好笑，他那俏皮的回答才叫他们笑得透不过气来呢。

克瑞西达：他怎么说？

潘达洛斯：她说："你的下巴上一共只有五十一根胡须，其中倒有一根是白的。"

克瑞西达：这是她提出的问题。

潘达洛斯：不错，那你可以不用问。他说："五十一根胡须，一根是白的；这根白须是我的父亲，其余都是他的儿子。""天哪！"她说，"哪一根胡须是我的丈夫帕里斯呢？""出角的那一根，"他说，"拔下来，给他拿去吧。"大家听了都哄然大笑起来，害得海伦怪不好意思的，帕里斯气得满脸通红，别的人一个个哈哈大笑，简直笑得合不拢嘴来。

克瑞西达：说了这许多时候的话，现在您也可以合拢一下嘴了。

潘达洛斯：好，外甥女，昨天我对你说起的事情，请你仔细想一想。

克瑞西达：我正在想着呢。

潘达洛斯：我可以发誓说那是真的；他哭起来就像个四月里出世的泪人儿一般。

克瑞西达：那么我就像一棵盼望五月到来的荨麻一样，在他的泪雨之中长了起来。（归营号声）

潘达洛斯：听！他们从战场上回来了。我们站在这儿高一点的地方，看他们回宫去好不好？好外甥女，看一看吧，亲爱的克瑞西达。

克瑞西达：随您的便。

潘达洛斯：这儿，这儿，这儿有一块很好的地方，我们可以看得清清楚楚。他们走过的时候，我可以一个个把他们的名字告诉你，可是你尤其要注意特洛伊罗斯。

克瑞西达：说话轻一点。

【埃涅阿斯自台前走过。

潘达洛斯：那是埃涅阿斯；他不是一个好汉吗？我告诉你，他是特洛伊的一朵花。可是留心看特洛伊罗斯；他就要来了。

【安忒诺自台前走过。

克瑞西达：那个人是谁？

潘达洛斯：那是安忒诺；我告诉你，他是一个很有机智的人，也是一个很好的男子汉；他在特洛伊是一个顶有见识的人，他的仪表也很不错。特洛伊罗斯什么时候才来呢？特洛伊罗斯来的时候，我一定指给你看；他要是看见我，一定会向我点头招呼的。

克瑞西达：他会向你点头么？

潘达洛斯：你看吧。

克瑞西达：那样的话，你就更成了个颠三倒四的呆子了。

【赫克托自台前走过。

潘达洛斯：那是赫克托，你瞧，你瞧，这才是个汉子！愿你胜利，赫克托！外甥女，这才是个好汉。啊，勇敢的赫克托！瞧他的神气多么威武！他不是个好汉吗？

克瑞西达：啊！真是个好汉。

潘达洛斯：不是吗？看见了这样的人，真叫人心里高兴。你瞧他盔

上有多少刀剑的痕迹！瞧那里，你看见吗？瞧，瞧，这不是说

笑话；那一道一道的，好像在说，有本领的，把我挑下来吧！

克瑞西达：那些都是刀剑割破的吗？

潘达洛斯：刀剑？他什么都不怕；即使魔鬼来找他，他也不放在心上。

看见了这样的人，真叫人心里高兴。你瞧，那不是帕里斯来了

吗？那不是帕里斯来了吗？

　　　　【帕里斯自台前走过。

潘达洛斯：外甥女，你瞧；他不也是个英俊的男子吗？哎哟，瞧他

多神气！谁说他今天受了伤回来？他没有受伤；海伦看见了一

定很高兴，哈哈！我希望现在就看见特洛伊罗斯？那么你也就

可以看见特洛伊罗斯了。

克瑞西达：那是谁？

　　　　【赫勒诺斯自台前走过。

潘达洛斯：那是赫勒诺斯。我不知道特洛伊罗斯到什么地方去了。

那是赫勒诺斯。我想他今天大概没有出来。那是赫勒诺斯。

克瑞西达：赫勒诺斯会不会打仗，舅舅？

潘达洛斯：赫勒诺斯？不，是，他还能应付两下。我不知道特洛伊

罗斯到什么地方去了。听！你不听见人们在喊"特洛伊罗斯"

吗？赫勒诺斯是个祭司。

克瑞西达：那边来的那个鬼鬼祟祟的家伙是谁？

【特洛伊罗斯自台前走过。

潘达洛斯：什么地方？那儿吗？那是得伊福玻斯。啊，那是特洛伊
罗斯！外甥女，这才是个好汉子！嘿！勇敢的特洛伊罗斯！骑
士中的魁首！

克瑞西达：别说啦！不害羞吗？别说啦！

潘达洛斯：瞧着他，留心瞧着他；啊，勇敢的特洛伊罗斯！外甥女，
好好瞧着他；瞧他的剑上沾着多少血，他盔上的刀伤剑痕比赫
克托的盔上还要多；瞧他的神气，瞧他走路的姿势！啊，可钦
佩的少年！他还没有满二十三岁哩。愿你胜利，特洛伊罗斯，
愿你胜利！要是我有一个姊妹是女神，或是有一个女儿是天仙，
我也愿意让他自己选一个去。啊，可钦佩的男子！帕里斯，嘿！
帕里斯比起他来简直泥土不如；我可以大胆说一句，海伦要是
能够把帕里斯换成特洛伊罗斯，就是叫她挖出一颗眼珠来她也
心甘情愿。

克瑞西达：又有许多人来了。

【众兵士自台前走过。

潘达洛斯：驴子！傻瓜！蠢材！麸皮和糠屑，麸皮和糠屑！大鱼大
肉以后的稀粥！我可以在特洛伊罗斯的眼面前度过我的一生。
别瞧啦，别瞧啦；鹰隼已经过去，现在就剩了些乌鸦，就剩了
些乌鸦了！我宁愿做一个像特洛伊罗斯那样的男子，不愿做阿

伽门农以及整个的希腊。

克瑞西达：在希腊人中间有一个阿喀琉斯，他比特洛伊罗斯强得多啦。

潘达洛斯：阿喀琉斯！他只好推推车子，扛扛东西，他简直是一匹骆驼。

克瑞西达：好，好。

潘达洛斯："好，好"！嘿，难道你一点不懂得好坏吗？难道你没有眼睛吗？你不知道怎样才算一个好男子吗？家世、容貌、体格、谈吐、勇气、学问、文雅、品行、青春、慷慨，这些岂不都足以加强一个男子的美德吗？

克瑞西达：是呀，这样简直是以人为脍啦；烤成了一只去骨鸡，那还有什么骨气可言。

潘达洛斯：你在女人中间也正是这样一个角色罗，谁也不知道你采用了一套什么护身符。

克瑞西达：我靠在背上好保卫我的肚子；靠我的聪明好守住我肚子里的玩意儿；靠我守住秘密好保持我的清白；靠我的面罩好卫护我的美貌；我还靠着你来保卫这一切；这就是我的一套护身法宝，招架着四面八方。

潘达洛斯：你且把你所招架的一面一方说来听听。

克瑞西达：嘿，首先就是把你看紧；这是其中最重要的一点。我如果不能抵御对方的袭击，至少可以注意到你的把戏，不让你看出我是怎样接住那横刺的剑头，除非我被击中受伤，那就藏也无从藏起了。

潘达洛斯：你真也算得一个。

　　　　【侍童上。

侍童：老爷，我的主人请您马上过去，有事相谈。

潘达洛斯：在什么地方？

侍童：就在您府上；他就在那里脱下他的盔甲。

潘达洛斯：好孩子，对他说我就来。（侍童下）我不知道他有没有受伤。再见，好外甥女。

克瑞西达：再见，舅舅。

潘达洛斯：外甥女，等会儿我就来看你。

克瑞西达：舅舅，您要带些什么来呢？

潘达洛斯：啊，我要带一件特洛伊罗斯的礼物给你。

克瑞西达：那么您真是个氤氲使者了。（潘达洛斯下）言语、盟誓、礼物、眼泪以及恋爱的全部祭礼，他都借着别人的手向我呈献过了；然而我从特洛伊罗斯本身所看到的，比之从潘达洛斯的谋辞的镜子里所看到的，还要清楚千倍。可是我却还不能就答应他。女人在被人追求的时候是个天使；无论什么东西，一到了人家手里，便一切都完了；无论什么事情，也只有正在进行的时候兴趣最为浓厚。一个被人恋爱的女子，要是不知道男人重视未获得的事物，甚于既得的事物，她就等于一无所知；一个女人要是以为恋爱在达到目的以后，还是像热情未获满足以前一样的甜蜜，那么她一定从来不曾有过恋爱的经验。所以我从恋爱中间归纳出这一句箴言：既得之后是命令，未得之前是请求。虽然我的心里装满了爱情，我却不让我的眼睛泄露我的秘密。（克瑞西达、亚历山大同下）

第三场：希腊营地。阿伽门农帐前

【吹号；阿伽门农、涅斯托、俄底修斯、墨涅拉俄斯及余人等上。

阿伽门农：各位王子，你们的脸上为什么都这样郁郁不乐？希望所给我们的远大计划，并不能达到我们的预期；我们雄心勃勃的行为，发生了种种阻碍困难，正像壅结的树瘿扭曲了松树的纹理，妨害了它的发展。各位王子，你们都知道我们这次远征，把特洛伊城围困了七年，却还不能把它攻克下来；我们每一次的进攻，都不能收到理想的效果。你们看到了这样的成绩，满脸羞愧，认为是莫大的耻辱吗？实在说起来，那不过是伟大的乔武的一个长时期的考验，故意试探我们人类有没有恒心。人们在被命运眷宠的时候，勇、怯、强、弱、智、愚、贤、不肖，都看不出什么分别来；可是一旦为幸运所抛弃，开始涉历惊涛骇浪的时候，就好像有一把有力的大扇子，把他们煽开了，柔弱无用的都被煽去，有毅力、有操守的却会卓立不动。

涅斯托：伟大的阿伽门农，恕我不揣冒昧，说几句话补充你的意思。在命运的颠沛中，最可以看出人们的气节：风平浪静的时候，有多少轻如一叶的小舟，敢在宁谧的海面上行驶，和那些载重的大船并驾齐驱！可是一等到风涛怒作的时候，你就可以看见那坚固的大船像一匹凌空的天马，从如山的雪浪里腾跃疾进；那凭着自己单薄脆弱的船身，便想和有力者竞胜的不自量力的小舟呢，不是逃进港口，便是葬身在海神的腹中。表面的勇敢和实际的威武，也正是这样在命运的风浪中区别出来：在和煦的阳光照耀之下，迫害牛羊的不是猛虎而是蝇虻；可是当烈风吹倒了多节的橡树，蝇虻向有荫庇的地方纷纷飞去的时候，那山谷中的猛虎便会应和着天风的怒号，发出惊人的长啸，正像一个叱咤风云的志士，不肯在命运的困迫之前低头一样。

俄底修斯：阿伽门农，伟大的统帅，整个希腊的神经和脊骨，我们全军的灵魂和主脑，听俄底修斯说几句话。对于你从你崇高的领导地位上所发表的有力的言辞，以及你，涅斯托，凭着你的老成练达的人生经验所提出的可尊敬的意见，我只有赞美和同意；你的话，伟大的阿伽门农，应当刻在高耸云霄的铜柱上，让整个希腊都瞻望得到；你的话，尊严的涅斯托，应当像天轴地柱一样，把所有希腊人的心系束在一起：可是请你们再听俄底修斯说几句话。

阿伽门农：说吧，伊塔刻的王子；从你的嘴里吐出来的，一定不会是琐屑的空谈，无聊的废话，正像下流的忒耳西忒斯一张开嘴，我们便知道不会有音乐、智慧和天神的启示一样。

俄底修斯：特洛伊至今兀立不动，没有给我们攻下，赫克托的宝剑仍旧在它主人的手里，这都是因为我们漠视了军令的森严所致。看这一带大军驻屯的阵地，散布着多少虚有其表的营寨，谁都怀着各不相下的私心。大将就像是一个蜂房里的蜂王，要是采蜜的工蜂大家各自为政，不把采得的粮食归献蜂王，那么还有什么蜜可以酿得出来呢？尊卑的等级可以不分，那么最微贱的人，也可以和最有才能的人分庭抗礼了。诸天的星辰，在运行的时候，谁都恪守着自身的等级和地位，遵循着各自的不变的轨道，依照着一定的范围、季候和方式，履行它们经常的职责；所以灿烂的太阳才能高拱出天，炯察寰宇，纠正星辰的过失，揭恶扬善，发挥它的无上威权。可是众星如果出了常轨，陷入了混乱的状态，那么多少的灾祸、变异、叛乱、海啸、地震、风暴、惊骇、恐怖，将要震撼、摧裂、破坏、毁灭这宇宙间的和谐！纪律是达到一切雄图的阶梯，要是纪律发生动摇，啊！那时候事业的前途也就变成黯淡了。要是没有纪律，社会上的秩序怎么得以稳定？学校中的班次怎么得以整齐？城市中的和平怎么得以保持？各地间的贸易怎么得以畅通？法律上所规定的与生俱来的特权，以及尊长、君王、统治者、胜利者所享有的特殊权利，怎么得以确立不坠？只要把纪律的琴弦拆去，听吧！多少刺耳的噪音就会发出来；一切都是互相抵触；江河里的水会泛滥得高过堤岸，淹没整个的世界；强壮的要欺凌老弱，不孝的儿子要打死他的父亲；威力将代替公理，没有是非之分，也没有正义存在。那时候权力便是一切，而凭仗着权力，便可以逞着自己的意志，放纵无厌的贪欲；欲望，这一头贪心不足的饿狼，得到了意志和权力的两重辅佐，势必把全世界供它的馋吻，然后把自己也吃下去。伟大的阿伽门农，这一种混乱的状态，只有在纪律被人扼杀以后才会发生。就是因为漠视了纪律，有意前进的才反而会向后退却。主帅被他属下的将领所轻视，那将领又被他的属下所轻视，这样上行下效，谁都瞧不起他的长官，结果就引起了猜嫉争竞的心理，损害了整个军队的元气。特洛伊所以至今兀立不动，不是靠着它自己的力量，乃是靠着我们的这一种弱点；换句话说，它的生命是全赖我们的弱点替它支持下来的。

涅斯托：俄底修斯已经很聪明地指出了我们的士气所以不振的原因。

阿伽门农：俄底修斯，病源已经发现了，那么应当怎样对症下药呢？

俄底修斯：公认为我军中坚的阿喀琉斯，因为听惯了人家的赞誉，养成了骄矜自负的心理，常常高卧在他的营帐里，讥笑着我们的战略；还有帕特洛克罗斯也整天陪着他懒洋洋地躺在一起，说些粗俗的笑话，用荒唐古怪的动作扮演着我们，说是模拟我们的神气。有时候，伟大的阿伽门农，他模仿着崇高的你，像一个高视阔步的伶人似的，走起路来脚底下发出蹬蹬的声响，用这种可怜又可笑的夸张的举止，表演着你的庄严的神态；当他说话的时候，就像一串哑钟的声音，发出一些荒诞无稽的怪话。魁梧的阿喀琉斯听见了这腐臭的一套，就会笑得在床上打滚，从他的胸笑出了一声洪亮的喝彩："好哇！这正是阿伽门农。现在再给我扮演涅斯托；咳嗽一声，摸摸你的胡须，就像他正要发表什么演说一样。"帕特洛克罗斯就这样扮了，扮得一点也不像，可是阿喀琉斯仍旧喊着，"好哇！这正是涅斯托。现在，帕特洛克罗斯，给我表演他穿上盔甲去抵御敌人夜袭的姿态。"于是老年人的弱点，就成为他们的笑料：咳一声嗽，吐一口痰，瘫痪的手乱抓乱摸着领口的钮钉。我们的英雄看见了这样的把戏，简直要笑死了，他喊着："啊！够了，帕特洛克罗斯；我的肋骨不是钢铁打的，你再扮下去，我要把它们一起笑断了。"他们这样嘲笑着我们的能力、才干、性格、外貌，各个的和一般的优长；我们的进展、计谋、命令、防御、临阵的兴奋、议和的言论，我们的胜利或失败，以及一切真实的或无中生有的事实，都被这两人引作信口雌黄的题目。

涅斯托：许多人看着这两个人的榜样，也沾上了这种恶习。埃阿斯也变得执拗起来了，他那目空一切的神气，就跟阿喀琉斯没有两样；他也照样在自己的寨中独张一帜，聚集一班私党饮酒喧哗，大言无忌地辱骂各位将领；他手下有一个名叫忒耳西忒斯的奴才，一肚子都是骂人的言语，他就纵容着他把我们比得泥土不如，使军中对我们失去了信仰，也不管这种言论会引起多么危险的后果。

俄底修斯：他们斥责我们的政策，说它是怯懦；他们以为在战争中间用不着智慧；先见之明是不需要的，唯有行动才是一切；至于怎样调遣适当的军力，怎样测度敌人的强弱，这一类运筹帷幄的智谋，在他们的眼中都不值一笑，认为只是些痴人说梦，纸上谈兵；所以在他们看来，一辆凭着它的庞大的蛮力冲破城墙的战车，它的功劳远过于制造这战车的人，也远过于运用他们的智慧指挥它行动的人。

涅斯托：我们如果承认这一点，那就是说，阿喀琉斯的战马也比得上许多希腊的英雄了。（喇叭奏花腔）

阿伽门农：这是哪里来的喇叭声音？墨涅拉俄斯，你去瞧瞧。

墨涅拉俄斯：是从特洛伊来的。

　　【埃涅阿斯上。

阿伽门农：你到我们的帐前来有什么事？

埃涅阿斯： 请问一声，这就是伟大的阿伽门农的营寨吗？

阿伽门农： 正是。

埃涅阿斯： 我是一个使者，也是一个王子，可不可以让我把一个善意的音信传到他的尊贵的耳中？

阿伽门农： 当着全体拥戴阿伽门农为他们统帅的希腊将士面前，我给你比阿喀琉斯的手臂更坚强的保证，你可以对他说话。

埃涅阿斯： 谢谢你给我这样宽大的允许和保证。可是一个异邦人怎么可以从这许多人中间，辨别出哪一个是他们最尊贵的领袖呢？

阿伽门农： 怎么！

埃涅阿斯： 是的，我这样问是因为我要让我的脸上呈现出一种恭敬的表情，叫我的颊上露出一重羞愧的颜色，就像黎明冷眼窥探着少年的福玻斯一样。哪一位是指导世人的天神，尊贵威严的阿伽门农？

阿伽门农： 这个特洛伊人在嘲笑我们；否则特洛伊人就都是些善于辞令的朝士。

埃涅阿斯： 在和平的时候，他们是以天使般的坦白、文雅温恭而著称的朝士；可是当他们披上甲胄的时候，他们有的是无比的胆量、精良的武器、强健的筋骨、锋利的刀剑，什么也比不上他们的勇敢。可是住口吧，埃涅阿斯！赞美倘然从被赞美者自己的嘴里发出，是会减去赞美的价值的；从敌人嘴里发出的赞美，才是真正的光荣。

阿伽门农：特洛伊的使者，你说你的名字是埃涅阿斯吗？

埃涅阿斯：是，希腊人，那是我的名字。

阿伽门农：你来有什么事？

埃涅阿斯：恕我，将军，我必须向阿伽门农当面说知我的来意。

阿伽门农：从特洛伊带来的消息，他必须公之于众人。

埃涅阿斯：我从特洛伊奉命来此，并不是来向他耳边密语的；我带了
一个喇叭来，要吹醒他的耳朵，唤起他的注意，然后再让他听我
的话。

阿伽门农：请你像风一样自由地说吧，现在不是阿伽门农酣睡的时
候；特洛伊人，你将要知道他是清醒着，因为这是他亲口告诉
你的。

埃涅阿斯：喇叭，高声吹起来吧，把你的响亮的声音传进这些怠惰
的营帐；让每一个有骨气的希腊人知道，特洛伊的意旨是要用
高声宣布出来的。（喇叭吹响）伟大的阿伽门农，在我们特洛
伊有一位赫克托王子，普里阿摩斯是他的父亲，他在这沉闷的
长期的休战中，感到了髀肉复生的悲哀；他叫我带了一个喇叭
来通知你们：各位贤王、各位王子、各位将军！要是在希腊的
济济英才之中，有谁重视荣誉甚于安乐；有谁为了博取世人的
赞美，不惜冒着重大的危险；有谁信任着自己的勇气，不知道
世间有可怕的事；有谁爱恋自己的情人，不仅会在他所爱的人

面前发空言，并且也敢在别人面前用武力证明她的美貌和才德：要是有这样的人，那么请他接受赫克托的挑战。赫克托愿意当着特洛伊人和希腊人的面前，用他的全力证明他有一个比任何希腊人所曾经拥抱过的更聪明、更美貌、更忠心的爱人；明天他要在你们的阵地和特洛伊的城墙之间的地带，用喇叭声唤起一个真心爱自己情人的希腊人前来，赫克托愿意和他一决胜负；倘然没有这样的人，那么他要回到特洛伊去向人家说，希腊的姑娘们都是又黑又丑，不值得为她们一战。这就是他叫我来说的话。

阿伽门农：埃涅阿斯将军，这番话我可以去告诉我们军中的情人们；要是我们军中没有这样的人，那么我们一定把这样的人都留在国内了。可是我们都是军人；一个军人要是不想恋爱、不曾恋爱或者不是正在恋爱，他一定是个卑怯的家伙！我们中间倘有一个正在恋爱，或者曾经恋爱过的，或者准备恋爱的人，他可以接受赫克托的挑战；要是没有别人，我愿意亲自出马。

涅斯托：对他说有一个涅斯托，在赫克托的祖父还在吃奶的时候就是个汉子了，他现在虽然上了年纪，可是在我们希腊军中，倘然没有一个胸膛里燃着一星光荣的火花，愿意为他的恋人而应战的勇士，你就去替我告诉他，我要把我的银须藏在黄金的面甲里，凭着我这一身衰朽的筋骨，也要披上甲胄，和他在战场上相见；我要对他说我的爱人比他的祖母更美，全世界没有比她更贞洁的女子；为了证明这一个事实，我要用我仅余的两三滴老血，和他的壮年的盛气决一高下。

埃涅阿斯： 天哪！难道年轻的人这么少，一定要您老人家上阵吗？

俄底修斯： 阿门。

阿伽门农： 埃涅阿斯将军，让我挽着您的手，先带您到我们大营里看看，阿喀琉斯必须知道您这次的来意；各营各寨，每一个希腊将领，也都要一体传闻。在您回去以前，我们还要请您喝杯酒儿，表示我们对于一个高贵的敌人的敬礼。（除俄底修斯、涅斯托外同下）

俄底修斯： 涅斯托！

涅斯托： 你有什么话，俄底修斯？

俄底修斯： 我想起了一个幼稚的念头；请您帮我斟酌斟酌。

涅斯托： 你想起些什么？

俄底修斯： 我说，钝斧斩硬节，阿喀琉斯骄傲到这么一个地步，倘不把他及时挫折一下，让他的骄傲的种子播散开去，恐怕后患不堪设想。

涅斯托： 那么你看应当怎么办？

俄底修斯： 赫克托的这一次挑战虽然没有指名叫姓，实际上完全是对阿喀琉斯而发的。

涅斯托： 他的目的很显然；我们在宣布他挑战的时候，应当尽力使阿喀琉斯明白——即使他的头脑像利比亚沙漠一样荒凉——赫克托的意思里是以他为目标的。

俄底修斯：您以为我们应当激他一下，叫他去应战吗？

涅斯托：是的，这是最适当的办法。除了阿喀琉斯以外，谁还能从赫克托的手里夺下胜利的光荣来呢？虽然这不过是一场游戏的斗争，可是从这回试验里，却可以判断出两方实力的高低；因为特洛伊人这次用他们最优秀的将材来试探我们的声威；相信我，俄底修斯，我们的名誉在这场儿戏的行动中将要遭受严重的考验，结果如何，虽然只是一时的得失，但一隅可窥全局，未来的重大演变，未始不可以从此举的结果观察出来。前去和赫克托决战的人，在众人的心目中必须是从我们这里挑选出来的最有本领的人物，为我们全军的灵魂所寄，就好像他是从我们各个人的长处中提炼出来的精华；要是他失败了，那得胜的一方岂不将勇气百倍，格外加强他们的自信，即使单凭着一双赤手，也会出入白刃之间而不知恐惧吗？

俄底修斯：恕我这样说，我以为唯其如此，所以不能让阿喀琉斯去接受赫克托的挑战。我们应当像商人一样，尽先把次货拿出来，试试有没有脱售的可能；要是次货卖不出去，然后再把上等货色拿出来，那么在相形之下，更可以显出它的光彩。不要容许赫克托和阿喀琉斯交战，因为我们全军的荣辱，虽然系此一举，可是无论哪一方面得胜，胜利的光荣总不会属于我们的。

涅斯托：我老糊涂了，不能懂得你的意思。

俄底修斯： 阿喀琉斯倘不是这样骄傲，那么他从赫克托手里取得的光荣，也就是我们共同的光荣；可是他现在已经是这样傲慢不逊，倘使赫克托也不能取胜于他，那他一定会更加目空一世，在他侮蔑的目光之下，我们都要像置身于非洲的骄阳中一样汗流浃背了；要是他失败了，那么他是我们的首将，他的耻辱当然要影响到我们全军的声誉。不，我们还是采取抽签的办法，预先安排好让愚蠢的埃阿斯抽中，叫他去和赫克托交战；我们私下里再竭力捧他一下，恭维他的本领比阿喀琉斯还强，那对于我们这位戴惯高帽子的大英雄可以成为一服清心的药剂，把他冲天的傲气挫折几分。要是这个没有头脑的、愚蠢的埃阿斯奏凯而归，我们不妨替他大吹特吹；要是他失败了，那么他本来不是什么了不得的人物，也不算丢了我们的脸。不管胜负如何，我们主要的目的，是要借埃阿斯的手，压下阿喀琉斯的气焰。

涅斯托： 俄底修斯，你的意思果然很好，我可以先去向阿伽门农说说；我们现在就去找他吧。制伏两条咬人的恶犬，最好的办法是请它们彼此相争，骄傲便是挑拨它们搏斗的一根肉骨。

（同下）

第 二 幕

第一场：希腊营地的一部分

【埃阿斯及忒耳西忒斯上。

埃阿斯：忒耳西忒斯！

忒耳西忒斯：要是阿伽门农浑身长起毒疮来呢？

埃阿斯：忒耳西忒斯！

忒耳西忒斯：要是那些毒疮都出起脓来呢？

埃阿斯：狗！

忒耳西忒斯：那样他总该可以拿出些东西来了吧；我现在可没看见
　　他拿出什么东西来。

埃阿斯：你这狼狗养的，你没听见吗？且叫你尝点味儿。（打忒耳
　　西忒斯）

忒耳西忒斯：整个希腊的瘟疫降在你身上，你这蠢牛一样的狗杂种
　　将军！

埃阿斯：你再说，你这发霉的酵母，再说；我要打掉你这丑陋的

皮囊。

忒耳西忒斯：我要骂开你那糊涂的心窍；可是我想等到你能够不瞧
　　　着书本念熟一段祷告的时候，你的马也会背诵一篇演说了。你
　　　会打人吗？你这害血瘟症的！

埃阿斯：坏东西，把布告念给我听。

忒耳西忒斯：你这样打我，你以为我是没有知觉的吗？

埃阿斯：那布告上怎么说？

忒耳西忒斯：我想它说你是个傻瓜。

埃阿斯：你再说，野猪，你再说；我的手指头痒着呢。

忒耳西忒斯：我希望你从头上痒到脚上，让我把你浑身的皮都搔破
　　　了，叫你做一个全希腊顶讨人厌的癞皮花子。在你冲锋陷阵的
　　　时候，你就打不动了。

埃阿斯：我叫你把布告念给我听！

忒耳西忒斯：你一天到晚叽哩咕噜地骂阿喀琉斯，因为他比你神气，
　　　所以你一肚子不舒服，就像一个丑妇瞧不惯别人长得比她好看
　　　一样。哼，你简直像狗一样地向他叫个不停。

埃阿斯：忒耳西忒斯老太太！

忒耳西忒斯：你可以打他呀。

埃阿斯：你这烘坏了的歪面包块儿！

忒耳西忒斯：他会像一个水手砸碎一块硬面包似的，一拳头就把你
　　　打得血肉横飞。

埃阿斯：你这婊子生的贱狗！（打忒耳西忒斯）

忒耳西忒斯：你打，你打。

埃阿斯：你这替妖精垫屁股的凳子！

忒耳西忒斯：好，你打，你打。你这糊涂将军！我的臂弯里也比你有更多的头脑；一头蠢驴都可以做你的老师；你这下贱的莽驴子！他们叫你到这儿来打几个特洛伊人，你却给那些聪明人卖来卖去，好像一个蛮族的奴隶一般。要是你尽打我，我就从你的脚跟骂起，一寸一寸骂上去，一直骂到你的头顶，你这没有肚肠的东西，你！

埃阿斯：你这狗！

忒耳西忒斯：你这下贱的将军！

埃阿斯：你这恶狗！（打忒耳西忒斯）

忒耳西忒斯：你这战神手下的白痴！你打，不讲理的东西；你打，蠢骆驼；你打，你打。

【阿喀琉斯及帕特洛克罗斯上。

阿喀琉斯：啊，怎么，埃阿斯！你为什么打他？喂，忒耳西忒斯！怎么一回事？

忒耳西忒斯：你瞧他，你看见吗？

阿喀琉斯：我看见，是怎么一回事？

忒耳西忒斯：不，你再瞧瞧他。

阿喀琉斯：好，是怎么一回事？

忒耳西忒斯： 不，你仔细瞧瞧他。

阿喀琉斯： 好，我瞧过了。

忒耳西忒斯： 可是你还没有把他瞧清楚；因为无论你把他当作什么人，他总是埃阿斯。

阿喀琉斯： 那我也知道，傻瓜。

忒耳西忒斯： 不错，可是那傻瓜却不知道他自己。

埃阿斯： 所以我打你。

忒耳西忒斯： 听，听，听，听，这还成什么话！简直是驴子的理由。我已经敲扁了他的脑袋，他倒还没有打痛我的骨头；我可以拿一个铜子去买九只麻雀，可是他的脑袋还不值一只麻雀的九分之一。我告诉你，阿喀琉斯，这家伙把思想装在肚子里，把大肠小肠一起塞在他的脑袋里，让我告诉你我怎么说他的。

阿喀琉斯： 你怎么说的？

忒耳西忒斯： 我说，这个埃阿斯——（埃阿斯举手欲打）

阿喀琉斯： 且慢，好埃阿斯。

忒耳西忒斯： 他所有的一点点儿智慧——

阿喀琉斯： 不，你不要动手。

忒耳西忒斯： 还塞不满海伦的针眼，其实他还是为了这个海伦才来打仗的。

阿喀琉斯： 住口，傻瓜！

忒耳西忒斯： 我倒是想安安静静的，可是那傻瓜一定要跟我闹；瞧他，瞧他，你瞧。

埃阿斯：啊，你这该死的贱狗！我要——

阿喀琉斯：你何必跟一个傻瓜斗嘴呢？

忒耳西忒斯：不，他才不敢哩；他还斗不过一个傻瓜的嘴。

帕特洛克罗斯：说得好，忒耳西忒斯。

阿喀琉斯：为什么闹起来的？

埃阿斯：我叫这坏猫头鹰去替我看看布告上说些什么话，他就骂起
    我来了。

忒耳西忒斯：我又不是替你做事的。

埃阿斯：好，很好。

忒耳西忒斯：我是自己到这儿来的。

阿喀琉斯：你刚才到这儿来挨了打，不是自动的；没有人愿意挨打。
    埃阿斯才是自己来的，你却是不得已才来的。

忒耳西忒斯：哼，你也是条没脑子的蛮牛。赫克托要是把你们两个
    人的脑壳捶了开来，那才是个大笑话，因为这简直就跟捶碎一
    个空心的烂胡桃没有分别。

阿喀琉斯：怎么，忒耳西忒斯，你把我也骂起来了吗？

忒耳西忒斯：俄底修斯，还有那个涅斯托老头子，他们的头脑在你
    们的祖父还没有长脚爪的时候就已经发了霉了，把你们当作牛
    马一样驾驭，赶你们到战场上去替他们打仗。

阿喀琉斯：什么？什么？

忒耳西忒斯：是的，老实对你们说吧。哼，阿喀琉斯！哼，埃阿斯！哼！

埃阿斯：我要割下你的舌头。

忒耳西忒斯：没有关系，我被割下了舌头还比你会说话些。

帕特洛克罗斯：别多说啦，忒耳西忒斯；还不住口！

忒耳西忒斯：阿喀琉斯的走狗叫我别说话，我就闭上嘴吗？

阿喀琉斯：他骂到你身上来了，帕特洛克罗斯。

忒耳西忒斯：我要瞧你们像一串猪狗似的给吊死，然后我才会再踏进你们的营帐；我要去找一个有聪明人的地方住下，再不跟傻瓜们混在一起了。（下）

帕特洛克罗斯：他去了倒也干净。

阿喀琉斯：埃阿斯，传谕全军的是这么一件事：赫克托要在明天早上五点钟的时候，在我们的营地和特洛伊城墙之间，以喇叭为号，召唤我们这儿的一个骑士去和他决战；要是谁敢宣称——我记不得那一套话，全是些胡说八道。再见。

埃阿斯：再见。那么派谁去应战呢？

阿喀琉斯：我不知道；那是要用抽签的办法来决定的；否则他们应该知道叫谁去的。

埃阿斯：啊，你的意思是说你自己。待我再去探听探听消息。

（各下）

第二场：特洛伊。普里阿摩斯宫中一室

【普里阿摩斯、赫克托、特洛伊罗斯、帕里斯及赫勒诺斯上。

普里阿摩斯：抛掷了这许多时间、生命和言语以后，希腊军中的涅斯托又向我们发出了这样的通牒："把海伦交还我们，那么一切其他的损害，例如荣誉上的污辱，时间上的损失，人力物力的消耗，将士的伤亡，以及充填战争欲壑所消费的一切，都可以置之不问。"赫克托，你的意思怎样？

赫克托：就我个人而论，虽然我比谁都不怕这些希腊人，可是，尊严的普里阿摩斯，没有一个软心肠的女人会像我这样为了瞻望着不可知的前途而忧惧。太平景象最能带来一种危险，就是使人高枕无忧；所以适当的疑虑还是智者的明灯，是防患于未然的良方。放海伦回去吧；自从为了这一个问题开始掀动干戈以来，我们已经牺牲了无数的兵士，他们每一个人的生命都像海伦一样宝贵；要是我们丧亡了这许多同胞，去保卫一件既不属于我们，对于我们又没有多大价值的东西，那么我们凭着什么理由，拒绝把她交还给人家呢？

特洛伊罗斯：什么话！哥哥，你把我们伟大尊严的父王的荣誉，去

和微贱的生命放在一个天平里称量吗？你要用算盘来计算出他无限的广大，用恐惧和理智的狭窄的分寸来束缚不可测度的巨人的腰身吗？呸，说这样丢脸的话！

赫勒诺斯： 你这样痛斥理智是不足为奇的，因为你是个完全没有理智的人。是不是因为你说了这一套意气用事的话，我们的父王就不该用理智来处理他的事务了吗？

特洛伊罗斯： 你还是去做梦打瞌睡吧，我的祭司哥哥；你满口都是大道理。我可以代你把你的这番大道理说出来：你知道敌人是要来加害于你的；你知道一柄出鞘的剑是危险的，按照理智，一个人应当明哲保身；所以赫勒诺斯一看见拿起了剑的希腊人，就会像一颗出了轨道的流星似的，借着理智的翅膀高飞远走，这还用得着奇怪吗？不，我们要是谈理智，那么还是关起大门睡觉吧。一个堂堂男子，要是让他的脑中塞满了理智，就会变成一个胆小怕事的懦夫，汩没了他的英勇的气概。

赫克托： 兄弟，她是不值得我们费这么大代价保留下来的。

特洛伊罗斯： 哪一样东西的价值不是按照着人们的估计而决定的？

赫克托： 可是价值不能凭着私心的爱憎而决定；一方面这东西的本身必须确有可贵的地方，另一方面它必须为估计者所重视，这样它的价值才能确立。要是把隆重的祭礼去向一个卑微的神祇献祭，那就是疯狂的崇拜；偏执着私人的感情而不知辨别是非利害，那也是溺爱不明。

特洛伊罗斯： 假如我今天娶了一个妻子，我的选择是取决于我的意志，我的意志是受我的耳目所左右；假如我在选定以后，我的意志重新不满于我的选择，那么我怎么可以避免既成的事实呢？一方面逃避责任，一方面又要不损害自己的荣誉，这样的事是不可能的。我们把绸缎污毁了以后，就不能再拿它向商家退换；我们也不因为已经吃饱，就把剩余的食物倒在肮脏的阴沟里。当初大家都赞成帕里斯去向希腊人报复；你们的一致同意鼓励了他的远行，善于捣乱的海浪和天风，也协力帮助他一帆风顺地到了他的目的地；为了希腊人俘掳了我们一个年老的姑母，他夺回了一个希腊的王妃作为交换，她的青春和娇艳掩盖了朝暾的美丽。我们为什么留住她不放？因为希腊人没有放还我们的姑母；她是值得我们保留的吗？啊，她是一颗明珠，它的高贵的价值，曾经掀动过千百个国王迢迢渡海而来，大家都要做一个觅宝的商人。你们不能不承认帕里斯的前去并不是失策，因为你们大家都喊着"去！去！"你们也不能不承认他带回了光荣的战利品，因为你们大家都拍手欢呼，说她的价值是不可估计的！那么你们现在为什么要诋毁从你们自己的智慧中产生的果实，把你们曾经估计为价值超过海洋和陆地的宝物重新贬斥得一文不值呢？啊！赃物已经偷了来了，我们却不敢把它保留下来，这才是最卑劣的偷窃！这样的盗贼是不配偷窃这样的宝物的。

卡珊德拉：（在内）痛哭吧，特洛伊人！痛哭吧！

普里阿摩斯：什么声音？谁在那儿喊叫？

特洛伊罗斯：这是我们那位发疯的姊姊，我听得出她的声音。

卡珊德拉：（在内）痛哭吧，特洛伊人！

赫克托：这是卡珊德拉。

【卡珊德拉上，狂呼。

卡珊德拉：痛哭吧，特洛伊人！痛哭吧！借给我一万只眼睛，我要使它们充满先知的眼泪。

赫克托：安静些，妹妹，别闹！

卡珊德拉：少年的男女们，中年的、老年的人们，还有只会哭泣的荏弱的婴孩们，大家帮着我哭喊呀！让我们先付清一部分将来的重大的悲恸。痛哭吧，特洛伊人！痛哭吧！让你们的眼睛练习练习哭泣吧！特洛伊要化为一片平地，我们美好的宫殿要变成一堆瓦砾；我们那闯祸的兄弟帕里斯放了一把火，把我们一起烧成灰烬啦！痛哭吧，特洛伊人！痛哭吧！海伦是我们的祸根！痛哭吧，痛哭吧！特洛伊要烧起来啦，快把海伦放回去吧！

（下）

赫克托：特洛伊罗斯兄弟，你听了我们的姊妹这一种激昂的预言，难道一点都无动于衷吗？难道你的血液竟狂热得这样无可理喻，不知道师出无名，必遭天谴吗？

特洛伊罗斯：赫克托大哥，行动的是非曲直，只有从事实的发展上去判断，卡珊德拉的疯话，更不能打消我们的勇气；我们已经把我们各人的荣誉寄托在这一次战争里了，她的神经错乱的谵语，决不能抹杀我们行动的光明正大。拿我自己来说，我正像所有普里阿摩斯的儿子一样，什么都不能动摇我的决心；愿上帝唾弃我们中间那些畏首畏尾的懦夫！

帕里斯： 要是我们不能贯彻始终，那么世人将要讥笑我的行动的轻率，也要讥笑你们决策的鲁莽；可是我指着天神为证，我因为得到你们完全的同意，才敢放胆行事，摒除一切恐惧，去进行这一个危险的计划；要不然单凭着这一双赤手空拳，能够做出什么事情来呢？一个人的匹夫之勇，怎么抵挡得了倾国之众的敌意呢？然而我可以说一句，要是我必须独自担当这些困难，要是我能够运用充分的权力，那么帕里斯决不从他已经做下的事情中缩回手来，也决不会中途气馁。

普里阿摩斯： 帕里斯，你的话说得完全像一个沉醉于自己的欢乐中的人；你自己吮吸着蜜糖，让人家去尝胆汁的苦味。我不敢恭维你的勇敢。

帕里斯： 父王，我本来不敢独占这样一个美人所带来的欢乐，可是为了洗刷她的失身的羞辱，我不能不保持她的光荣的完整。要是现在因为迫于对方的威胁，再把她还给敌人，那对于这位被劫的王妃是一件多么不可容忍的罪恶，对于您的尊严是一个多大的污点，对于我又是一桩多么难堪的耻辱！难道像这样一种卑劣的思想，也会侵入您的高贵的心灵吗？在我们这儿即使是一个最凡庸的懦夫，为了保卫海伦的缘故，也会挺身而出，拔剑而起，无论怎样高贵的人，都愿意为海伦献身效命；她既然是这样一个绝世无双的美人，我们难道不应该为她而作战吗？

赫克托：帕里斯，特洛伊罗斯，你们两人的话都说得很好；可是你们对于我们现在讨论的问题不过作了一番文饰外表的诡辩，正像亚里士多德所说的那种不适宜于听讲道德哲学的年轻人一样。你们所提出的理由，只能煽动偏激的意气，不能作为抉择是非的标准；因为一个耽于欢乐或是渴于复仇的人，他的耳朵是比蝮蛇更聋，听不见正确的判断的。物各有主，这是造物的意旨；在一切人类关系之中，还有什么比妻子对于丈夫更亲近的？要是这一条自然的法律为感情所破坏，思想卓越的人因为被私心所蒙蔽，也对它悍然不顾，那么在每一个组织健全的国家里，都有一条制定的法律，抑制这一类悖逆的乱行。海伦既然是斯巴达的王妃，按照自然的和国家的道德法律，就应该把她还给斯巴达；错误已经铸成，倘再执迷不悟地坚持下去，那就大错而特错了。这是赫克托认为正确的见解；可是虽然这么说，我的勇敢的兄弟们，我仍旧赞同你们的意思，把海伦留下来，因为这是对于我们全体和各人的荣誉大有关系的。

特洛伊罗斯：你这句话才真说中了我们的本意；倘然这不过是一场意气之争，而不是因为重视我们的光荣，那么我也不愿为了保卫她的缘故，再洒一滴特洛伊的血。可是，尊贵的赫克托，她是一个光荣的题目，可以策励我们建立英勇卓绝的伟业，使我们战胜当前的敌人，树立万世不朽的声名；我相信即使有人给他整个世界的财富，勇敢的赫克托也不愿放弃这一个千载一时的机会。

赫克托: 我愿意和你们通力合作，伟大的普里阿摩斯的英勇的后人。我已经向这些行动迟钝、党派分歧的希腊贵人们提出挑战，惊醒他们昏睡的灵魂。我听说他们的主将只会睡觉不会管事，听任手下的将士们明争暗斗；也许我这一声怒吼，可以叫他觉醒过来。（同下）

第三场：希腊营地。阿喀琉斯帐前

【忒耳西忒斯上。

忒耳西忒斯: 怎么，忒耳西忒斯！你把头都气昏了吗？埃阿斯这蠢象欺人太甚；他居然动手打人；可是他会打我，我就会骂他，总算也出了气了。要是颠倒过来，他骂我的时候我也可以打他，那才痛快呢！他妈的，我一定要去学会一些降神召鬼的法术，让我瞧见我的诅咒降在他身上。还有那个阿喀琉斯，也真是一尊好大炮。要是特洛伊一定要等这两个人去打下来，那么除非等到城墙自己塌倒。啊！你俄林波斯山上发射雷霆的乔武大神，还有你，蛇一样狡猾的麦鸠利，你们要是不能把他们所有的不过这么一点点儿的智慧拿去，那么还算什么万神之王，还算什么足智多谋？他们的智慧稀少得这样出奇，为了搭救一只粘在蜘蛛网上的飞虫，他们竟不知道除了拔出他们的刀剑来把蛛丝斩断以外还有什么别的办法。然后，我希望整个的军队都遭到灾殃；或者让他们一起害杨梅疮，因为他们在为一个婊子打仗，这是他们应得的报应。我的祷告已经说过了，让不怀好意的魔鬼去说他们吧。喂！阿喀琉斯将军！

【帕特洛克罗斯上。

帕特洛克罗斯：是谁？忒耳西忒斯！好忒耳西忒斯，进来骂几句人给我们听吧。

忒耳西忒斯：要是我能够记得一枚镀金的铅币，我一定会想起你；可是那也不用说了，我要骂你的时候，只要提起你的名字就够了。但愿人类共同的诅咒，无知和愚蠢一起降在你的身上！上天保佑你终身得不到明师的指示，听不到教诲的启迪！让你的血气引导着你直到死去！等你死了的时候，替你掩埋的那位太太要是说你是一个漂亮的尸体，我就要再三发誓，说她除了掩埋害麻疯病死的人以外，从来不曾掩埋过别的尸体。阿门。阿喀琉斯呢？

帕特洛克罗斯：什么！你也会虔诚起来吗？你刚才在祷告吗？

忒耳西忒斯：是的，上天听见了我的话！

【阿喀琉斯上。

阿喀琉斯：谁在这儿？

帕特洛克罗斯：忒耳西忒斯，将军。

阿喀琉斯：哪儿？哪儿？你来了吗？啊，我的干酪，我的开胃的
　　妙药，你为什么不常常到我的餐桌上来吃饭呢？来，告诉我阿
　　伽门农是什么？

忒耳西忒斯：你的主帅，阿喀琉斯。告诉我，帕特洛克罗斯，阿喀
　　琉斯是什么？

帕特洛克罗斯：你的主人，忒耳西忒斯。再请你告诉我，你自己是
　　什么？

忒耳西忒斯：我是知道你的人，帕特洛克罗斯。告诉我，帕特洛
　　克罗斯，你是什么？

帕特洛克罗斯：你知道我，就不用问了。

阿喀琉斯：啊，你说，你说。

忒耳西忒斯：我可以把整个问题演绎下来。阿伽门农指挥阿喀琉斯；
　　阿喀琉斯是我的主人；我是知道帕特洛克罗斯的人；帕特洛克
　　罗斯是个傻瓜。

帕特洛克罗斯：你这浑蛋？

忒耳西忒斯：闭嘴，傻瓜？我还没有说完呢。

阿喀琉斯：他是一个有谩骂特权的人。说下去吧，忒耳西忒斯。

忒耳西忒斯：阿伽门农是个傻瓜；阿喀琉斯是个傻瓜；忒耳西忒斯是个傻瓜；帕特洛克罗斯已经说过了是个傻瓜。

阿喀琉斯：来，把你的理由推论出来。

忒耳西忒斯：阿伽门农倘不是个傻瓜，他就不会指挥阿喀琉斯；阿喀琉斯倘不是个傻瓜，他就不会受阿伽门农的指挥；忒耳西忒斯倘不是个傻瓜；他就不会侍候这样一个傻瓜！帕特洛克罗斯不用说啦，当然是个傻瓜。

帕特洛克罗斯：为什么我是个傻瓜？

忒耳西忒斯：那你该去问那造下你来的上帝。我只要知道你是个傻瓜就够了。瞧，谁来啦？

阿喀琉斯：帕特洛克罗斯，我不想跟什么人说话。跟我进来，忒耳西忒斯。（下）

忒耳西忒斯：全是些捣鬼的家伙！争来争去不过是为了一个王八和一个婊子，结果弄得彼此猜忌，白白损失了多少人的血。但愿战争和奸淫把他们一起抓了去！（下）

　　【阿伽门农、俄底修斯、涅斯托、狄俄墨得斯及埃阿斯上。

阿伽门农：阿喀琉斯呢？

帕特洛克罗斯：在他的帐里，元帅，可是他的身子不大舒服。

阿伽门农：你去对他说，我在这儿。他辱骂我的使者，现在我又卑躬屈节地来拜访他；你对他说吧，叫他不要以为我不敢在他面前提起我的地位，也不要以为我不知道我自己的身份。

帕特洛克罗斯：我就照这样对他说。（下）

俄底修斯：我们刚才看见他站在营帐的前面，他没有病。

埃阿斯：他害的是狮子的病，骄傲是他的病根。你们要是喜欢这个人，那么也可以说是一种忧郁症；可是照我说起来，完全是骄傲。他凭着什么理由这样骄傲呢？元帅，我对你说句话。（拉阿伽门农立一旁）

涅斯托：埃阿斯为什么这样骂他？

俄底修斯：阿喀琉斯把他的弄人骗去了。

涅斯托：谁，忒耳西忒斯吗？

俄底修斯：正是他。

涅斯托：那很好，我们希望看见他们分裂，不希望看见他们勾结；可是为了这样一个傻子就会叫他们彼此不和，那么他们的友谊也实在太巩固了。

俄底修斯：智慧连络不起来的好感，愚蠢一下子就会把它打破。帕特洛克罗斯来了。

　　　　【帕特洛克罗斯重上。

涅斯托：阿喀琉斯没有跟他来。

俄底修斯：巨象的腿是为步行用的，不是为屈膝用的。

帕特洛克罗斯：阿喀琉斯叫我回复元帅，要是元帅的大驾光临敝寨，除了游玩以外还有其他的目的，那么他真是抱歉万分；他希望您不过是因为要在饭后活活筋骨，助助消化，所以才出来散散步的。

阿伽门农：听着，帕特洛克罗斯，他这种语含讥讽的推托，我们早就听厌了。他这个人不是没有可取的地方，可是因为自恃己长的缘故，他的优点已经开始在我们的眼中失去光彩，正像一枚很好的鲜果，因为放在龌龊的盆子里，没有人要去吃它，只好听任它腐烂。你去对他说，我们要来找他说话；你尽管大胆告诉他，说我们认为他太骄傲，也不够爽气，自以为了不起，其实说不上什么明智；他故意摆出一股威风，装模作样，目中无人，反而自鸣得意；他横行霸道，喜怒无常，好像天下大事都要由他摆布。你去把这些话告诉他，要是他把自己估价得这么高，那么我们也用不着他这么一个人，只好让他像一架无法拖曳的重炮一样，搁在武器库里生锈；对他说，我们宁愿重用一个活跃的侏儒，不要一个贪睡的巨人。

帕特洛克罗斯：是，我就去这样对他说，把他的回音立刻带出来。

（下）

阿伽门农：我们是来找他说话的，一定要听到他亲口的答复。俄底修斯，你进去。（俄底修斯下）

埃阿斯：他有什么胜过别人的地方？

阿伽门农：他不过自以为比别人了不起罢了。

埃阿斯： 他竟这样了不起吗？您想他是不是以为他比我强？

阿伽门农： 那是没有问题的。

埃阿斯： 您也跟他有同样的见解，认为他比我强吗？

阿伽门农： 不，尊贵的埃阿斯，你跟他一样强，一样勇敢，一样聪明，
　　　　一样高贵，可是你比他脾气好得多，也比他更听号令。

埃阿斯： 一个人为什么要骄傲？骄傲的心理是怎么起来的？我就不
　　　　知道什么是骄傲。

阿伽门农： 埃阿斯，你的头脑比他明白，你的人格也比他高尚。一
　　　　个骄傲的人，结果总是在骄傲里毁灭了自己。他一味对镜自赏，
　　　　自吹自擂，遇事只顾浮夸失实，到头来只是事事落空而已。

埃阿斯： 我讨厌一个骄傲的人，就像讨厌一窠癞蛤蟆一样。

涅斯托： （旁白）可是他却不讨厌他自己；这不是很奇怪吗？

　　　　【俄底修斯重上。

俄底修斯： 阿喀琉斯明天不愿上阵。

阿伽门农： 他有什么理由？

俄底修斯： 他也不讲什么理由，只逞着自己的性子，一味执拗，把
　　　　什么人都不放在眼里。

阿伽门农： 我们再三请他，为什么他总不出来？

俄底修斯： 正因为我们前来移樽就教，他便妄自尊大起来，把草纸
　　　　当文书；他好比着了迷似的，甚至连自己嘴里出一口气都不得
　　　　平静。我们这位阿喀琉斯是如此自命不凡，连他的思想与行动

也互相仇视，自相残杀，使他不能自主。我该怎么说呢？他的骄傲确已病入膏肓，无可救药了。

阿伽门农：让埃阿斯去叫他出来。将军，你到他帐里去看看他；听说他对你的感情不错，也许你去请他，他会推却不过你的情面。

俄底修斯：啊，阿伽门农！不要这样。我们应当让埃阿斯离开阿喀琉斯越远越好。这个骄悍的将军用傲慢塞住了自己的心窍，眼睛里只有自己没有别人，难道我们反要叫一个更被我们敬重的人去向他礼拜吗？不，我们不能让这位比他尊贵三倍的、勇武超群的将军污损了他的血战得来的光荣；他的才能并不在阿喀琉斯之下，为什么要叫他贬低身份去向阿喀琉斯央求呢？那不过格外助长他的骄傲的气焰罢了。叫这位将军去看他！不，天神不容许这样的事，天神会用雷鸣一样的声音怒吼着说："叫阿喀琉斯出来见他！"

涅斯托：（旁白）啊！这样很好，说到他的心窝里去了。

狄俄墨得斯：（旁白）瞧他一声不响地听得多么出神！

埃阿斯：要是我去看他，我要一拳打歪他的脸。

阿伽门农：啊，不！你不要去。

埃阿斯：要是他对我神气活现，我可不客气要教训他一下。让我去看他。

俄底修斯：不，用不着惊动你去。

埃阿斯：下贱的、放肆的家伙！

涅斯托：（旁白）他把自己形容得一点不错！

埃阿斯：他不能客气一点吗？

俄底修斯：（旁白）乌鸦也会骂别人太黑！

埃阿斯：我要叫他的傲气变成鲜血。

阿伽门农：（旁白）他自己原是病人，倒去当起医生来了。

埃阿斯：要是大家的思想都跟我一样——

俄底修斯：（旁白）那么世上没有聪明人了。

埃阿斯：——一定不让他放肆到这个地步；他要是装腔作势，就叫
　　他吞下他的刀子。

涅斯托：（旁白）果真如此，你也得同他平分秋色呢。

俄底修斯：（旁白）半斤八两。

埃阿斯：尽管他是个铁铮铮的硬汉，我也要把他揉做面团。

涅斯托：（旁白）他的热度还不是顶高；再恭维他几句，把他的野
　　心煽起来。

俄底修斯：（向阿伽门农）元帅，你太容忍他了。

涅斯托：尊贵的元帅，不要这样做。

狄俄墨得斯：你必须准备不靠阿喀琉斯的力量去和特洛伊人作战。

俄底修斯：就是因为人家把他的名字挂在嘴边，所以养成了他的
　　骄傲。我倒想起了一个人——可是他就在我们眼前，我还是不
　　说了吧。

涅斯托：你为什么不说呢？他又不像阿喀琉斯一样争强好胜。

俄底修斯：整个世界都知道他是跟阿喀琉斯一样勇敢的。

埃阿斯：婊子养的畜生！在我们面前摆他的臭架子！但愿他是个特洛伊人！

涅斯托：要是埃阿斯现在也像他一样古怪——

俄底修斯：像他一样傲慢——

狄俄墨得斯：像他一样的喜欢人家奉承——

俄底修斯：像他一样的坏脾气——

狄俄墨得斯：像他一样的目中无人、妄自尊大——

俄底修斯：感谢上天，将军，你的天性是这样仁厚；那生下你的令尊、乳哺你的令堂，真是应该赞美；教你念书的那位先生，愿他名垂万世；你那非博学所能企及的天赋聪明，更可与日月争光；至于传授你武艺的那位师傅，那么他是应该和战神马斯并享千秋的；讲到你的神勇，那么力举全牛的迈罗①，也不得不向强壮的埃阿斯甘拜下风。我用不着称赞你的智慧，那是像一道围墙、一堵堤岸，包围着你的广大丰富的才能，咱们这位涅斯托老将军眼睛里见过的多，自然智慧超人一等；可是对不起，涅斯托老爹，要是您也像埃阿斯一样年轻，您的教育也不过像他一样，那么您的智慧也决不会超过他的。

① 迈罗：希腊六世纪末的运动家，以力大能举一牛著名，曾六次获得奥林匹克胜利者的称号。

埃阿斯：我拜您做干爹吧。

俄底修斯：好，我的好儿子。

狄俄墨得斯：你要听他的话啊，埃阿斯将军。

俄底修斯：咱们不要在这儿多耽搁了；阿喀琉斯这野兔子在丛林里躲着呢。请元帅立刻传令全军，召集所有人马；新的君王们到特洛伊来了，明天我们一定要用全力保持我们的声威。这儿有一位大将，让从东方到西方来的骑士们各自争取他们的光荣吧，最大的胜利将是属于埃阿斯的。

阿伽门农：我们就去召开会议。让阿喀琉斯睡吧；正是轻舟虽捷，怎及巨舶容深。（同下）

第 三 幕

第一场：特洛伊。普里阿摩斯宫中

[达洛斯及一仆人上。

潘达洛斯： 喂，朋友！对不起，请问一声，你是跟随帕里斯王子的
吗？

仆人： 是的，老爷，他走在我前面的时候，我就跟在他后面。

潘达洛斯： 我的意思是说，你是靠他吃饭的吗？

仆人： 老爷，我是靠天吃饭的。

潘达洛斯： 你依靠着一位贵人，我必须赞美他。

仆人： 愿赞美归于上帝！

潘达洛斯： 你认识我吗？

仆人： 说老实话，老爷，我不过在外表上认识您。

潘达洛斯： 朋友，我们大家应当熟悉一点。我是潘达洛斯老爷。

仆人： 我希望以后跟您老爷熟悉一点。

潘达洛斯： 那很好。

仆人：您是一位殿下吗？

潘达洛斯：殿下！不，朋友，你只可以叫我老爷或是大人。（内乐声）这是什么音乐？

仆人：我不大知道，老爷，我想那是数部合奏的音乐。

潘达洛斯：你认识那些奏乐的人吗？

仆人：我全都认识，老爷。

潘达洛斯：他们奏乐给谁听？

仆人：他们奏给听音乐的人听，老爷。

潘达洛斯：是谁想听这音乐，朋友？

仆人：我想听，还有爱音乐的人也想听。

潘达洛斯：朋友，你不懂我的意思；我太客气，你又太调皮。我是说什么人叫他们奏的。

仆人：呃，老爷，是我的主人帕里斯叫他们奏的，他就在里面；那位人间的维纳斯，美的心血，爱的微妙的灵魂，也陪着他在一起。

潘达洛斯：谁，我的外甥女克瑞西达吗？

仆人：不，老爷，是海伦；您听了我形容她的话还不知道吗？

潘达洛斯：朋友，看来你还没有见过克瑞西达小姐。我是奉特洛伊罗斯王子之命来见帕里斯的；我的事情急得像热锅里的沸水，来不及等你进去通报了。

仆人：好个热锅上的蚂蚁！呀，一句陈词滥调罢了！

【帕里斯及海伦率侍从上。

潘达洛斯：您好，我的好殿下，这些好朋友们都好！愿美好的欲望好好地领导他们！您好，我的好娘娘！愿美好的思想做您的美好的枕头！

海伦：好大人，您满嘴都是好话。

潘达洛斯：谢谢您的谬奖，好娘娘。好殿下，刚才的音乐很好，很好的杂色合奏呢。

帕里斯：是被你搀杂的，贤卿；现在要你加进来，奏得和谐起来。耐儿[①]，他是很懂得和声的呢。

潘达洛斯：真的，娘娘，没有这回事。

海伦：啊，大人！

潘达洛斯：粗俗得很，真的，粗俗不堪。

帕里斯：说得好，我的大人！你真说得好听。

潘达洛斯：好娘娘，我有事情要来对殿下说。殿下，您允许我跟您说句话吗？

海伦：不，您不能这样赖过去。我们一定要听您唱歌。

潘达洛斯：哎，好娘娘，您在跟我开玩笑啦。可是，殿下，您的令弟特洛伊罗斯殿下——

海伦：潘达洛斯大人，甜甜蜜蜜的大人——

———————

① 耐儿：海伦的爱称。

潘达洛斯： 算了，好娘娘，算了，——叫我向您致意问候。

海伦： 您不能赖掉我们的歌；要是您不唱，我可要生气了。

潘达洛斯： 好娘娘，好娘娘！真是位好娘娘。

海伦： 叫一位好娘娘生气是一件大大的罪过。

潘达洛斯： 不，不，不，哪儿的话，哪儿的话，哈哈！殿下，他要我对您说，晚餐的时候王上要是问起他，请您替他推托一下。

海伦： 潘达洛斯大人？——

潘达洛斯： 我的好娘娘，我的顶好的好娘娘怎么说？

帕里斯： 他有些什么要公？今晚他在什么地方吃饭？

海伦： 可是，大人——

潘达洛斯： 我的好娘娘怎么说？——我那位殿下要生你的气了。我不能让您知道他在什么地方吃饭。

帕里斯： 我可以拿我的生命打赌，他一定是到那位富有风趣的克瑞西达那儿去啦。

潘达洛斯： 不，不，哪有这样的事；您真是说笑话了。那位富有风趣的婢子在害病呢。

帕里斯： 好，我就替他捏造一个托辞。

潘达洛斯： 是，我的好殿下。您为什么要说克瑞西达呢？不，这个婢子在害病呢。

帕里斯： 我早就看出来了。

潘达洛斯： 您看出来了！您看出什么来啦？来，给我一件乐器。好

155

娘娘，请听吧。

海伦： 呵，这样才对。

潘达洛斯： 我这位外甥女一心只想着一件东西，这件东西，好娘娘，
您倒是有了。

海伦： 我的大人，只要她所想要的不是我的丈夫帕里斯，什么都可
以给她。

潘达洛斯： 哈！她不会要他；他两人只是彼此彼此。

海伦： 生过了气，和好如初，"彼此"两人就要变成三人了。

潘达洛斯： 算了，算了，不谈这些；我来唱一支歌给您听吧。

海伦： 好，好，请你快唱吧。好大人，你的额角长得很好看哩。

潘达洛斯： 啊，谬奖谬奖。

海伦： 你要给我唱一支爱情的歌；这个爱情要把我们一起葬送了。
啊，丘比特，丘比特，丘比特！

潘达洛斯： 爱情！啊，很好，很好。

帕里斯： 对了，爱情，爱情，只有爱情是一切！

潘达洛斯： 这支歌正是这样开始的：（唱）

爱情，爱情，只有爱情是一切！

爱情的宝弓，射雌也射雄；

爱情的箭锋，射中了心胸，

不会伤人，只叫人心头火热，

那受伤的恋人痛哭哀号，

啊！啊！啊！这一回性命难逃！

等会儿他就要放声大笑，

哈！哈！哈！爱情的味道真好！

暂时的痛苦呻吟，啊！啊！啊！

变成了一片笑声，哈！哈！哈！

咳呵！

海伦：哎哟，他的鼻尖儿都在恋爱哩。

帕里斯：爱人，他除了鸽子以外什么东西都不吃；一个人多吃了
　　　鸽子，他的血液里会添加热力，血液里添加热力便会激动情欲，
　　　情欲激动了便会胡思乱想，胡思乱想的结果就是玩女人闹恋爱。

潘达洛斯：这就是恋爱的产生经过吗？而这些经过不就是《圣经》
　　　里所说的毒蛇吗？好殿下，今天是什么人上阵？

帕里斯：赫克托、得伊福玻斯、赫勒诺斯、安忒诺以及所有特洛伊
　　　的英雄们都去了；我本来也想去的，可是我的耐儿不放我走。
　　　我的兄弟特洛伊罗斯为什么不去？

海伦：他噘起了嘴唇，好像有些什么心事似的。潘达洛斯大人，您
　　　一定什么都知道。

潘达洛斯：哪儿的话，甜甜蜜蜜的娘娘。我很想听听他们今天打得
　　　怎样。您会记得替令弟设辞推托吗？

帕里斯：我记得就是了。

潘达洛斯：再会，好娘娘。

海伦：替我问候您的外甥女。

潘达洛斯：是，好娘娘。（下；归营号声）

帕里斯：他们从战场上回来了，我们到普里阿摩斯的大厅上去迎接这一群战士吧。亲爱的海伦，我必须请求你帮助我们的赫克托卸下他的甲胄；他的坚强的带扣，利剑的锋刃和希腊人的武力都不能把它打开，却不能抵抗你的纤指的魔力；你的力量胜过希腊诸岛所有的国王。替伟大的赫克托卸除他的甲胄吧。

海伦：帕里斯，我能够做他的仆人是莫大的荣幸；为他服役的光荣，比我们天生的美貌更值得夸耀。

帕里斯：亲爱的，我爱你爱到了不可思议的地步。（同下）

第二场：同前。潘达洛斯的花园

【潘达洛斯及特洛伊罗斯的侍童自相对方向上。

潘达洛斯：啊！你的主人呢？在我的外甥女克瑞西达家里吗？

侍童：不，老爷；他等着您带他去呢。

【特洛伊罗斯上。

潘达洛斯：啊！他来了。怎么！怎么！

特洛伊罗斯： 孩子，走开。（侍童下）

潘达洛斯： 您见过我的外甥女吗？

特洛伊罗斯： 不，潘达洛斯；我在她的门口踯躅，像一个站在冥河边岸的游魂，等待着渡船的接引。啊！请你做我的船夫卡戎，赶快把我载到得救者的乐土中去，让我徜徉在百合花的中央！好潘达洛斯啊！请你从丘比特的肩背上拔下他的彩翼来，陪着我飞到克瑞西达身边去吧！

潘达洛斯： 您在这园子里随便玩玩。我立刻就去带她来。（下）

特洛伊罗斯： 我觉得眼前迷迷糊糊的，期望使我的头脑打着回旋。想象中的美味是这样甘芳，它迷醉了我的神经。要是我的生津的齿颊果然尝到了经过三次提炼的爱情的旨酒，那该怎样呢？我怕我会死去，昏昏沉沉地倒下去不再醒来；我怕那种太微妙渊深的快乐，调和在太芳冽的甘美里，不是我的粗俗的感官所能禁受；我怕，我更怕在无边的幸福之中，我会失去一切的知觉，正像大军冲锋、敌人披靡的时候，每个人忘记了自己一样。

　　【潘达洛斯重上。

潘达洛斯： 她正在打扮；她就要来了；您说话可要机灵点儿。她怕难为情怕得了不得，慌张得气都喘不过来，好像给一个鬼附上了身似的。我就去带她来。她真是个顶可爱的坏东西；就像一头刚给人捉住的麻雀似的慌张得喘不过气来。（下）

特洛伊罗斯： 我自己的心里也感到了这样一种情绪；我的心跳得比

一个害热病的人的脉搏还快；我的一切感官都失去了作用，正像臣仆在无意中瞥见了君王威严的眼光一样。

【潘达洛斯偕克瑞西达重上。

潘达洛斯： 来，来，有什么害羞呢？小孩子才怕难为情。他就在这儿呢。把您向我发过的誓当着她的面再发一遍吧。怎么！你又要回去了吗？你在没有给人家驯服以前，一定要有人看守着吗？来吧，来吧，要是你再退回去，我们可要把你像一匹马似的套在辕木里了。您为什么不对她说话呢？来，打开这一块面纱，好给我们看看你的美容。呵，你何必这样不肯得罪一下日光呀！天黑了，你更要马上遮掩起来呢。好了，好了，赶快趁此将上一军吧。这才对了！一吻就定了终身！经营起来；多么甜美呵。让你们两颗心去扭成一团吧，莫等我把你们扯开了就迟了。真是英雄美人，好一双天配良缘；真不错，真不错。

特洛伊罗斯： 姑娘，您使我一句话也说不出来了。

潘达洛斯： 相思债是不能用说话去还清的，你还是给她一些行动吧，不要又是一动也不动的。怎么！又在亲嘴了吗？好，"良缘永缔，互结同心"，——进来吧，进来吧；我先去拿个火来。（下）

克瑞西达： 请进去吧，殿下。

特洛伊罗斯： 啊，克瑞西达！我好容易盼望到这一天！

克瑞西达： 盼望，殿下！但愿——啊，殿下！

特洛伊罗斯： 但愿什么？为什么，您又不说下去了？我的亲爱的姑娘在我们爱的灵泉里发现什么渣滓了？

克瑞西达： 要是我的恐惧是生眼睛的，那么我看见的渣滓比泉水还多。

特洛伊罗斯： 恐惧可以使天使变成魔鬼，它所看到的永远不是真实。

克瑞西达： 盲目的恐惧有明眼的理智领导，比之凭着盲目的理智毫无恐惧地横冲直撞，更容易找到一个安全的立足点；倘能时时忧虑着最大的不幸，那么在较小的不幸来临的时候往往可以安之若素。

特洛伊罗斯： 啊！让我的爱人不要怀着丝毫恐惧；在爱神导演的戏剧里是没有恶魔的。

克瑞西达： 也没有可怕的巨人吗？

特洛伊罗斯： 没有，只有我们自己才是可怕的巨人，因为我们会发誓泪流成海，入火吞山，驯伏猛虎，凡是我们的爱人所想得到的事，我们都可以做到。姑娘，这就是恋爱的可怕的地方，意志是无限的，实行起来就有许多不可能；欲望是无穷的，行为却必须受制于种种束缚。

克瑞西达： 人家说恋人们发誓要做的事情，总是超过他们的能力；可是他们却保留着一种永不实行的能力；他们发誓做十件以上的事，实际做到的还不满一件事的十分之一。这种声音像狮子、行动像兔子一样的家伙，可不是怪物吗？

特洛伊罗斯： 果然有这样的怪物吗？我可不是这样。请您考验了我以后，再来估计我的价值吧；当我没有用行为证明我的爱情以前，我是不愿戴上胜利的荣冠的。一个人要继承产业，在没有到手之前不必得意；出世以前，谁也无从断定一个人的功绩，并且，一旦出世，他的名位也不会太高。为了真心的爱，让我简单讲一两句话，特洛伊罗斯将会向克瑞西达证明，一切出于恶意猜忌的诽谤，都不足以诬蔑他的忠心；真理所能宣说的最真实的言语，也不会比特洛伊罗斯的爱情更真实。

克瑞西达： 请进去吧，殿下。

【潘达洛斯重上。

潘达洛斯： 怎么！还有点不好意思吗？你们的话还没有说完吗？

克瑞西达： 好，舅舅，要是我干下了什么错事，那都是您不好。

潘达洛斯： 那么要是你给殿下生下了一位小殿下，你就把他抱来给我好了。你对殿下要忠心；他要是变了心，你尽管骂我。

特洛伊罗斯： 令舅的话，和我的不变的忠诚，都可以给您做保证。

潘达洛斯： 我也可以替她向您保证：我们家里的人都是不轻易许诺的，可是一旦许身于人，便永远不会变心，就像芒刺一样，碰上了身，再也掉不下来。

克瑞西达： 我现在已经有了勇气：特洛伊罗斯王子，我朝思暮想，已经苦苦地爱着您几个月了。

特洛伊罗斯： 那么我的克瑞西达为什么这样不容易征服呢？

克瑞西达: 似乎不容易征服，可是，殿下，当您第一眼看着我的时候，我早就被您征服了——恕我不再说下去，要是我招认得太多，您会看轻我的。我现在爱着您；可是直到现在为止，我还能够控制我自己的感情；不，说老实话，我说了谎了；我的思想就像一群顽劣的孩子，倔强得不受他们母亲的管束。瞧，我们真是些傻瓜！为什么我要唠唠叨叨说这些话呢？要是我们不能替自己保守秘密，谁还会对我们忠实呢？可是我虽然这样爱您，却没有向您求爱；然而说老实话，我却希望我自己是个男子，或者我们女子也像男子一样有先启口的权利。亲爱的，快叫我止住我的舌头吧；因为我这样得意忘形，一定会说出使我后悔的话来。瞧，瞧！您这么狡猾地一声不响，已经使我从我的脆弱当中流露出我的内心来了。封住我的嘴吧。

特洛伊罗斯: 好，虽然甜蜜的音乐从您嘴里发出，我愿意用一吻封住它。

潘达洛斯: 妙得很，妙得很。

克瑞西达: 殿下，请您原谅我；我并不是有意要求您吻我；真是怪羞人的！天哪！我做了什么事啦？现在我真的要告辞了，殿下。

特洛伊罗斯: 告辞了，亲爱的克瑞西达？

潘达洛斯: 告辞！你就是告辞到明天早晨，还会跟他在一起的。

克瑞西达: 请您不要多说。

特洛伊罗斯: 姑娘，什么事情使您生气了？

克瑞西达： 我讨厌我自己。

特洛伊罗斯： 您可不能逃避您自己。

克瑞西达： 让我试一试。我有另外一个自己跟您在一起，可是它是无情的，宁愿离开它自己，去受别人的愚弄。我真的要走了；我的智慧掉在什么地方了？我自己也不知道自己在说些什么话。

特洛伊罗斯： 说着这样聪明话的人，是不会不知道自己所说的话的。

克瑞西达： 殿下，也许您会以为我所吐露的不是真情，我不过在耍着手段，故意用这种不害羞的招认，来试探您的意思，可是您是个聪明人，否则您也许不在恋爱，因为智慧和爱情只有在天神的心里才会同时存在，人们是不能兼而有之的。

特洛伊罗斯： 啊！要是我能够相信一个女人会永远点亮她的爱情的不灭的明灯，保持她的不变的忠心和不老的青春，她那永远美好的灵魂不会随着美丽的外表同归衰谢；只要我能够相信我对您的一片至诚和忠心，会换到您的同样纯洁的爱情，那时我将要怎样地欢欣鼓舞呢！可是唉！我的忠心是这样单纯，比赤子之心还要简单而纯朴。

克瑞西达： 在那一点上我要跟您互相竞争。

特洛伊罗斯： 啊，当两种真理为了互争高下而相战的时候，那是一场多么道义的战争！从今以后，世上真心的情郎们都要以特洛伊罗斯为榜样；当他们充满了声诉、盟誓和夸大的比拟的诗句中缺少新的譬喻的时候，当他们厌倦于那些陈陈相因的套语，例如：像钢铁一样坚贞，像草木对于月亮、太阳对于白昼、斑鸠对于她的配偶一样忠心——当他们用尽了这一切关于忠诚的譬喻，而希望援引一个更有力的例证的时候，他们便可以加上一句说："像特洛伊罗斯一样忠心。"

克瑞西达：愿您的话成为预言！要是我变了心，或者有一丝不忠不贞的地方，那么当时间变成古老而忘记了它自己的时候，当特洛伊的岩石被水珠滴烂、无数的城市被盲目的遗忘所吞噬、无数强大的国家了无痕迹地化为一堆泥土的时候，让我的不贞继续存留在人们的记忆里，永远受人唾骂！当他们说过了"像空气、像水、像风、像沙土一样轻浮；像狐狸对于羔羊、豺狼对于小牛、豹子对于母鹿、继母对于前妻的儿子一样虚伪"以后，让他们举出一个最轻浮最虚伪的榜样来，说，"像克瑞西达一样负心"。

潘达洛斯：好，交易已经作成，两方面盖个印吧；来，来，我替你们做证人。这儿我握着您的手，这儿我握着我外甥女的手，我这样辛辛苦苦把你们两人拉在一起，要是你们中间无论哪一个变了心，那么从此以后，让世上所有可怜的媒人们都叫着我的名字，直到永远！让一切忠心的男人都叫作特洛伊罗斯，一切负心的女子都叫作克瑞西达，一切做媒的人都叫作潘达洛斯！大家说阿门。

特洛伊罗斯：阿门。

克瑞西达：阿门。

潘达洛斯：阿门。现在我要带你们到一间房间里去，那里面还有一张眠床；那张床是不会泄露你们的秘密的，你们尽管去成其美事吧。去！（同下）

第三场：希腊营地

【阿伽门农、俄底修斯、狄俄墨得斯、涅斯托、埃阿斯、墨涅拉俄斯及卡尔卡斯上。

卡尔卡斯：各位王子，为了我替你们所做的事情，现在我可以向你们要求报偿了。请你们想一想，我因为审察未来的大势，决心舍弃特洛伊，丢下了我的家产，顶上一个叛逆的名字；牺牲了现成的安稳的地位，来追求不可知的命运；抛开了我所习惯的一切，到这举目生疏的地方来替你们尽力：你们曾经允许给我许多好处，现在我只要求你们让我略沾小惠，想来你们总不会拒绝我吧。

阿伽门农：特洛伊人，你要向我们要求什么？说吧。

卡尔卡斯：你们昨天捉来了一个特洛伊的俘虏，名叫安忒诺；特洛伊对他是很重视的。你们常常要求他们拿我的女儿克瑞西达来交换被俘的特洛伊重要将士，可是特洛伊总是加以拒绝；据我所知，这个安忒诺在特洛伊军中是一个很重要的人物，一切事务倘没有他去处理，都要陷于停顿，他们甚至于愿意拿一个普里阿摩斯亲生的王子来和他交换；各位殿下，把他送回去，交换我的女儿来吧，只要让我瞧见她一面，就可以补偿我替你们所尽的一切劳力了。

阿伽门农：让狄俄墨得斯把他送去，带克瑞西达回来吧；卡尔卡斯的要求可以让他得到满足。狄俄墨得斯，你去准备好这一次交换所需要的一切，同时带个信去，问一声赫克托明天是不是预备决战，埃阿斯已经预备好了。

狄俄墨得斯：我愿意担负这一个使命，并且认为这是莫大的光荣。

（狄俄墨得斯、卡尔卡斯同下）

【阿喀琉斯及帕特洛克罗斯自帐内走出。

俄底修斯：阿喀琉斯正在他的帐前站着，请元帅在他面前走过去，理也不要理他，就好像忘记了他是个什么人似的；各位王子也都对他装出一副冷淡的态度。让我在最后走过，他一定会问我，为什么人家都向他投掷这样轻蔑的眼光；那时我就借你们的冷淡做题目，对他的骄傲发出一些意含针砭的讥讽，使他不能不饮下我给他的这一服清心药剂。这服药也许会发生效力。要一个骄傲的人看清他自己的嘴脸，只有用别人的骄傲给他做镜子；倘然向他卑躬屈节，只会助长他的气焰，徒然自取其辱。

阿伽门农：我就依照你的计策而行，当我走过他身旁的时候，故意装出一副冷淡的神气；每一位将军也都要这样，或者不理他，或者用轻蔑的态度向他打个招呼，那是会比完全不理他更使他难堪的。大家跟着我来。

阿喀琉斯：怎么！元帅又要来找我说话了吗？您知道我的意思，我是不愿再跟特洛伊人打仗的了。

阿伽门农：阿喀琉斯说些什么？他有什么事要跟我说？

涅斯托：将军，您有什么事要对元帅说吗？

阿喀琉斯：没有。

涅斯托：元帅，他说没有。

阿伽门农：那再好没有了。（阿伽门农、涅斯托同下）

阿喀琉斯：早安，早安。

墨涅拉俄斯：您好？您好？（下）

阿喀琉斯：怎么！那王八也瞧不起我吗？

埃阿斯：啊，帕特洛克罗斯！

阿喀琉斯：早安，埃阿斯。

埃阿斯：嘿？

阿喀琉斯：早安。

埃阿斯：是，是，早安，早安。（下）

阿喀琉斯： 这些家伙都是什么意思？他们不认识阿喀琉斯了吗？

帕特洛克罗斯： 他们大模大样地走了过去。从前他们一看见阿喀琉斯，总是鞠躬如也，笑脸相迎，那一副恭而敬之的神气，就像礼拜神明一样。

阿喀琉斯： 怎么！难道我的威风已经衰落了吗？大丈夫在失欢于命运以后，不用说会被众人所厌弃，他可以从别人的眼睛里看到他自己的没落；因为人们都是像蝴蝶一样，只会向炙手可热的夏天蹁跹起舞；在他们的俗眼之中，只有富贵尊荣，这一些不一定用才能去博得的身外浮华，才是值得敬重的；当这些不足恃的浮华化为乌有的时候，人们的敬意也就会烟消云散。可是我还没有到这样的地步，命运依然是我的朋友，我依然充分享受着我所有的一切，只有这些人却对我改变了态度，我想他们一定对我有什么不满意的地方。俄底修斯也来了，他在读些什么；待我前去打断他的诵读。啊，俄底修斯！

俄底修斯： 啊，阿喀琉斯！

阿喀琉斯： 你在读些什么？

俄底修斯： 有一个不认识的人写给我这样几句话："无论一个人的天赋如何优异，外表或内心如何美好，也必须在他的德性的光辉照耀到他人身上发生了热力、再由感受他的热力的人把那热力反射到自己身上的时候，才能体会到他本身的价值的存在。"

阿喀琉斯：这没有什么奇怪，俄底修斯！一个人看不见自己的美貌，他的美貌只能反映在别人的眼里；眼睛，那最灵敏的感官，也看不见它自己，只有当自己的眼睛和别人的眼睛相遇的时候，才可以交换彼此的形象，因为视力不能反及自身，除非把自己的影子映在可以被自己看见的地方。这事一点也不足为怪。

俄底修斯：我并不重视这一种很普通的道理，可是我不懂写这几句话的人的用意；他用迂回婉转的说法，证明一个人无论禀有着什么奇才异能，倘然不把那种才能传达到别人的身上，他就等于一无所有；也只有在把才能发展出去以后所博得的赞美声中，才可以认识他本身的价值，正像一座穹窿把声音弹射回来，又像一扇迎着阳光的铁门，反映出太阳所投射的形状，同时吐发出它所吸收的热力一样。他这番话很引起了我的思索，使我立刻想起了默默无闻的埃阿斯。天哪，这是一个多好的汉子！真是一匹轶群的骏马，他的奇才还没有为他自己所发现。天下真有这样被人贱视的珍宝！也有毫无价值的东西，反会受尽世人的赞赏！明天我们可以看见埃阿斯在无意中得到一个大显身手的机会，从此以后，他的威名将要遍传人口了。天啊！有些人会乘着别人懈怠的时候，干出怎样一番事业！有的人悄悄地钻进了反复无常的命运女神的厅堂，有的人却在她的眼中扮演着痴人！有的人利用着别人的骄傲而飞黄腾达，有的人却因为骄傲而使他的地位一落千丈！瞧这些希腊的将军们！他们已经在那儿拍着粗笨的埃阿斯的肩膀，好像他的脚已经踏在勇敢的赫克托的胸口，强大的特洛伊已经濒于末日了。

阿喀琉斯： 我相信你的话，因为他们走过我的身旁，就像守财奴看见叫花子一样，没有一句好话，也没有一张好脸。怎么！难道我的功劳都已经被人忘记了吗？

俄底修斯： 将军，时间老人的背上负着一个庞大的布袋，那里面装满着被寡恩负义的世人所遗忘的丰功伟绩；那些已成过去的美绩，一转眼间就会在人们的记忆里消失。只有继续不断地前进，才可以使荣名永垂不替；如果一旦罢手，就会像一套久遭搁置的生锈的铠甲，谁也不记得它的往日的勋劳，徒然让它的不合时宜的式样，留作世人揶揄的资料。不要放弃眼前的捷径，光荣的路是狭窄的，一个人只能前进，不能后退，所以你应该继续在这一条狭路上迈步前进，因为无数竞争的人都在你的背后，一个紧追着一个；要是你略事退让，或者闪在路旁，他们就会像汹涌的怒潮一样直冲过来，把你遗弃在最后；又像一匹落伍的骏马，倒在地上，下驷的驽骀都可以追在它的前面，从它的身上践踏过去。那时候人家现在所做的事，虽然比不上你从前所做的事，但是你的声名却要被他们所掩盖，因为时间正像一个趋炎附势的主人，对于一个临去的客人不过和他略微握一握手，对于一个新来的客人，却伸开了两臂，飞也似的过去抱住他，欢迎是永远含笑的，告别总是带着叹息。啊！不要让德行追索它旧日的酬报，因为美貌、智慧、门第、膂力、功业、爱情、友谊、慈善，这些都要受到无情的时间的侵蚀。世人有一个共同的天性，他们一致赞美新制的玩物，虽然它们原是从旧有的材料改造而成的；他们宁愿拂拭发着亮光的金器，却不去过问那被灰尘掩蔽了光彩的金器，人们的眼睛只能看见现在，他们所赞赏的也只有眼前的人物；所以不用奇怪，你伟大的完人，一切希腊人都在开始崇拜埃阿斯，因为活动的东西是比停滞不动的东西更容易引人注目的。众人的属望曾经集于你的身上，要是你不把你自己活活埋葬，把你的威名收藏在你的营帐里，那么你也未始不可恢复旧日的光荣；不久以前，你那在战场上的赫赫声威，是曾经使天神为之侧目的。

阿喀琉斯： 我这样深居简出，却有极充分的理由。

俄底修斯： 可是有更充分、更有力的理由反对你的深居简出。阿喀琉斯，人家都知道你恋爱着普里阿摩斯的一个女儿。

阿喀琉斯： 嘿！人家都知道！

俄底修斯： 你以为那很奇怪吗？什么事情都逃不过旁观者的冷眼；渊深莫测的海底也可以量度得到，潜藏在心头的思想也会被人猜中。国家事务中往往有一些秘密，是任何史乘所无法发现的。你和特洛伊人之间的关系，我们是完全明白的；可是阿喀琉斯倘然是个真正的英雄，他就应该去把赫克托打败，不应该把波吕克塞娜①丢弃不顾。要是现在小小的皮洛斯在家里听见了光荣的号角在我们诸岛上吹响，所有的希腊少女们都在跳跃欢唱，"伟大的赫克托的妹妹征服了阿喀琉斯，可是我们的伟大的埃阿斯勇敢地把他打倒"，那时候他的心里该是多么难受。再见，将军，我对你这样说完全是出于好意；留心你脚底下的冰块，不要让一个傻子从这上面滑了过去，你自己却把它踹碎了。

（下）

帕特洛克罗斯：阿喀琉斯，我也曾经这样劝告过您。一个男人在需要行动的时候优柔寡断，没有一点丈夫的气概，比一个鲁莽粗野、有男子气概的女子更为可憎。人家常常责怪我，以为我对于战争的厌恶以及您对于我的亲密的友谊，是使您懈怠到现在这种样子的根本原因。好人，振作起来吧；只要您振臂一呼，那柔弱轻佻的丘比特就会从您的颈上放松他的拥抱，像雄狮鬣上的一滴露珠似的，摇散在空气之中。

阿喀琉斯：埃阿斯要去和赫克托交战吗？

帕特洛克罗斯：是的，也许他会在他身上得到极大的荣誉。

阿喀琉斯：我的声誉已经遭到极大的危险，我的威名已经受到严重的损害。

帕特洛克罗斯：啊！那么您要留心，自己加于自己的伤害是最不容

---

① 波吕克塞娜：普里阿摩斯的女儿，为阿喀琉斯所恋。

易治疗的；忽略了应该做的事，往往会引起危险的后果，这种危险就像寒热病一样，会在我们向阳闲坐的时候侵袭到我们的身上。

阿喀琉斯： 好帕特洛克罗斯，去把忒耳西忒斯叫来；我要差这傻瓜去见埃阿斯，请他在决战完毕以后，邀请特洛伊的骑士们到我们这儿来，大家便服相见。我简直像一个女人似的害着相思，渴想着会一会卸除武装的赫克托，跟他握手谈心，把他的面貌瞧一个清楚。——他来得正好！

【忒耳西忒斯上。

忒耳西忒斯： 怪事，怪事！

阿喀琉斯： 什么怪事？

忒耳西忒斯： 埃阿斯在战场上走来走去，像失了魂似的。

阿喀琉斯： 是怎么一回事？

忒耳西忒斯： 他明天必须单人匹马去和赫克托交战；他因为预想到这一场英勇的厮杀，骄傲得了不得，所以满口乱嚷乱叫，却没有说出一句话来。

阿喀琉斯： 怎么会有这样的事？

忒耳西忒斯： 他跨着大步，像一只孔雀似的走来走去，踱了一步又立定了一会儿；他那满腹心事的样子，就像一个在脑子里打算盘的女店主在那儿计算她的账目；他咬着嘴唇，装出一副深谋远虑的神气，好像说，"我这儿有一脑袋的神机妙算，你们等着瞧吧。"他说得不错，可是他那脑袋里的智慧，就像打火石里的火花一样，不去打它是不肯出来的。这家伙一辈子算是完了；因为赫克托倘不在交战的时候扭断他的头颈，凭着他那股摇头摆脑的得意劲儿，也会把自己的头颈摇断的。他已经不认识我；我说，"早安，埃阿斯。"他却回答我，"谢谢，阿伽门农。"你们看他还算个什么人，会把我当作元帅！他简直变成了一条失水的鱼儿，一个不会说话的怪物啦。自以为了不起！就像一件皮背心一样，两面都好穿。

阿喀琉斯：忒耳西忒斯，你必须做我的使者，替我带一个信给他。

忒耳西忒斯：谁，我吗？嘿，他见了谁都不睬；他不愿意回答人家；只有叫花子才老是开口；他的舌头是长在臂膀上的。我可以扮做他的样子，让帕特洛克罗斯向我提出问题，你们就可以瞧瞧埃阿斯是怎样的。

阿喀琉斯：帕特洛克罗斯，对他说：我恭恭敬敬地请求英武的埃阿斯邀请骁勇无比的赫克托便服到敝寨一叙；关于他的身体上的安全，我可以要求慷慨宽宏、声名卓著、高贵尊荣的希腊军大元帅阿伽门农特予保证，等等，等等。你这样说吧。

帕特洛克罗斯：乔武大神祝福伟大的埃阿斯！

忒耳西忒斯：哼！

帕特洛克罗斯：我奉尊贵的阿喀琉斯的命令前来——

忒耳西忒斯：嘿！

帕特洛克罗斯： 他，恭恭敬敬地请求您邀请赫克托到他的寨内一

　　　叙——

忒耳西忒斯： 哼！

帕特洛克罗斯： 他可以从阿伽门农取得安全通行的保证。

忒耳西忒斯： 阿伽门农！

帕特洛克罗斯： 是，将军。

忒耳西忒斯： 嘿！

帕特洛克罗斯： 您的意思怎样？

忒耳西忒斯： 愿上帝和你同在。

帕特洛克罗斯： 您的答复呢，将军？

忒耳西忒斯： 明天要是天晴，那么在十一点钟的时候，一定可以见

　　　个分晓；可是他即使得胜，我也要叫他付下重大的代价。

帕特洛克罗斯： 您的答复呢，将军？

忒耳西忒斯： 再见，再见。

阿喀琉斯： 啊，难道他就是这么一副腔调吗？

忒耳西忒斯： 不，他简直是脱腔走调；我不知道赫克托捶破了他的

　　　脑壳以后，他还会唱些什么调调儿出来；不过我想他是不会有

　　　什么调调儿唱出来的，除非阿波罗抽了他的筋去做琴弦。

阿喀琉斯： 来，你必须立刻替我去送一封信给他。

忒耳西忒斯： 让我再带一封去给他的马吧；比较起来，还是他的马

　　　有些知觉哩。

阿喀琉斯：我心里很乱，就像一池搅乱了的泉水，我自己也看不见它的底。（阿喀琉斯、帕特洛克罗斯同下）

忒耳西忒斯：但愿你那心里的泉水再清澈起来，好让我把我的驴子牵下去喝几口水！我宁愿做一只羊身上的虱子，也不愿做这么一个没有头脑的勇士。（下）

第四幕

第一场：特洛伊。街道

【埃涅阿斯及仆人持火炬自一方上；帕里斯、得伊福玻斯、安忒诺、狄俄墨得斯及余人等各持火炬自另一方上。

帕里斯： 瞧！喂！那儿是谁？

得伊福玻斯： 那是埃涅阿斯将军。

埃涅阿斯： 那一位是帕里斯王子吗？要是我也安享着像您这样的艳福，除非有天大的事情，什么也不能叫我离开我床头的伴侣的。

狄俄墨得斯： 我也这样想呢。早安，埃涅阿斯将军。

帕里斯： 埃涅阿斯，这是一位勇敢的希腊人，你跟他拉拉手吧。你不是说过，狄俄墨得斯曾经有整整一个星期在战场上把你纠缠住不放吗？现在你可以仔细瞧瞧他的面貌了。

埃涅阿斯： 在我们继续休战的期间，勇敢的将军，我愿意祝您健康；可是当我们戎装相见的时候，我对您只有不共戴天的敌忾。

狄俄墨得斯： 狄俄墨得斯对于您的友情和敌意，都同样欣然接受。

当我们现在心平气和的时候，请您许我向您还祝健康；可是我们要是在战场上角逐起来，那么乔武在上，我要用我全身的力量和计谋，来夺取你的生命。

埃涅阿斯： 你将要猎逐一头狮子，当它逃走的时候，是用它的脸奔向敌人的。现在我却用善意的温情，欢迎你到特洛伊来！凭着维纳斯的玉手起誓，世上没有人会像我一样爱着他所准备杀死的东西。

狄俄墨得斯： 我们的想法完全一样。乔武，要是埃涅阿斯的末日不就是我的宝剑的光荣，那么愿他活到千秋万岁吧！可是当我们为了光荣而互相争斗的时候，那么愿他明天就死去，而且每一处骨节上都留有一个伤痕！

埃涅阿斯： 我们真是知己相逢。

狄俄墨得斯： 正是，我们更希望下一次相逢的时候，彼此互成仇敌。

帕里斯： 像这样满含着敌意的热烈欢迎，像这样无上高贵的充满仇恨的友情，真是我平生所未闻，将军，你有什么事起得这样早？

埃涅阿斯： 王上叫我去，可是我不知道为了什么事。

帕里斯： 这儿就是他所要叫你干的事：你带着这位希腊人到卡尔卡斯的家里，在那里把美丽的克瑞西达交给他，以交换他们放回来的安忒诺。你可以陪着我们一块儿去；否则你先走一步也可以。我总是觉得——也可以说的确相信——我的兄弟特洛伊罗斯昨天晚上在那里过夜；你就把他叫醒起来，通知他我们就要

来了，同时把一切情形告诉他。我怕我们此去是一定非常不受
欢迎的。

埃涅阿斯： 那还用说吗？特洛伊罗斯宁愿让希腊人拿了特洛伊去，
也不愿让克瑞西达被人从特洛伊带走。

帕里斯： 那也没有办法；时势所迫，不得不然。请吧，将军，我们
随后就来。

埃涅阿斯： 那么各位早安！（下）

帕里斯： 告诉我，尊贵的狄俄墨得斯，像一个好朋友似的老实告诉
我，照您看起来，我跟墨涅拉俄斯两个人究竟是谁更配得上美
丽的海伦？

狄俄墨得斯： 你们两人都差不多。一个不以她的失节为嫌，费了这
么大的力气想要把她追寻回来；一个也不以舔人唾余为耻，不
惜牺牲了如许的资财将士，把她保留下来。他像一个懦弱的王
八似的，甘心喝下人家残余的无味的糟粕；您像一个好色之徒
似的，愿意让她淫荡的身体生育您的后嗣。照这样比较起来，
你们正是一个半斤，一个八两。

帕里斯： 您把您的同国的姊妹说得太不堪了。

狄俄墨得斯： 她太对不起她的祖国了。听我说，帕里斯，在她的淫
邪的血管里，每一滴负心的血液，都有一个希腊人为它而丧失
了生命；在她的腐烂的尸体上，每一分、每一厘的皮肉，都有
一个特洛伊人为它而暴骨沙场。自从她牙牙学语以来，她所说

过的好话的数目，还抵不上死在她手里的希腊人和特洛伊人的总数。

帕里斯：好，狄俄墨得斯，您说的话就像一个做买卖的人似的，故意把您所要买的东西说得这样坏；可是我们却不愿多费唇舌，夸赞我们所要出卖的东西。请往这边走。（同下）

第二场：同前。潘达洛斯家的庭前

【特洛伊罗斯及克瑞西达上。

特洛伊罗斯：亲爱的，进去吧；早晨很冷呢。

克瑞西达：那么，我的好殿下，让我去叫舅舅下来，替您开门。

特洛伊罗斯：不要麻烦他；去睡吧，去睡吧；你那双可爱的眼睛已经倦得睁不开来，你的全身有一种软绵绵的感觉，好像一个没有思虑的婴孩似的。

克瑞西达：那么再会吧。

特洛伊罗斯：请你快去睡一会儿。

克瑞西达：您已经讨厌我了吗？

特洛伊罗斯：啊，克瑞西达！倘不是忙碌的白昼被云雀叫醒，惊起了无赖的乌鸦；倘不是酣梦的黑夜不再遮掩我们的欢乐，我是怎么也不愿离开你的。

克瑞西达： 夜是太短了。

特洛伊罗斯： 可恨的妖巫！对于心绪烦乱的人们，她会像地狱中的长夜一样逗留不去；对于欢会的恋人们，她就驾着比思想还快的翅膀迅速飞走，你再不进去，会受寒的，那时你又要骂我了。

克瑞西达： 请您再稍留片刻吧；你们男人总是不肯多留一会儿的。唉，好傻的克瑞西达！我应该继续推拒您的要求，那么您就不肯走开了。听！有人起来啦。

潘达洛斯： （在内）怎么！这儿的门都开着吗？

特洛伊罗斯： 这是你的舅舅。

克瑞西达： 真讨厌！现在他又要来把我取笑了；叫人怪不好意思的！

【潘达洛斯上。

潘达洛斯： 啊，啊！其味如何？喂，你这位大娘子！我的外甥女克瑞西达呢？

克瑞西达： 该死的坏舅舅，老是把人取笑！你自己害得我——现在却来讥笑我。

潘达洛斯： 害得你怎样？害得你怎样？让她自己说，我害得你怎样？

克瑞西达： 算了，算了，你这坏人！你自己永远做不出好事来，也不让人家做一个安安分分的人。

潘达洛斯： 哈，哈！唉，可怜的东西！真是个傻丫头！昨天晚上没有睡觉吗？他这个坏家伙不让你睡吗？让妖精抓了他去！

克瑞西达： 我不是对您说过吗？我恨不得打他一顿才痛快！（内叩门声）谁在打门？好舅舅，去瞧瞧。殿下，您再到我房里坐一会儿；您在笑我，好像我的话里头存着邪心似的。

特洛伊罗斯： 哈哈！

克瑞西达： 不，您弄错了，我没有转这种念头。（内叩门）他们把门擂得多急！请您快进去吧，我怎么也不愿让人家瞧见您在这儿。（特洛伊罗斯、克瑞西达同下）

潘达洛斯： （往门口）是谁？什么事？你们要把门都打破了吗？怎么！什么事？

　　　　【埃涅阿斯上。

埃涅阿斯： 早安，大人，早安。

潘达洛斯： 是谁？埃涅阿斯将军！哎哟，我人都不认识啦。您这么早来有什么见教？

埃涅阿斯： 特洛伊罗斯王子在这儿吗？

潘达洛斯： 在这儿？他在这儿干么？

埃涅阿斯： 算了，大人，我知道他在这儿，您不用瞒我。我有一些对他很有关系的话要跟他说。

潘达洛斯： 您说他在这儿吗？那么我可以发誓，我一点也不知道；

我自己是很晚才回来的。他到这儿来干么呢?

埃涅阿斯: 算了,算了,您这样替他遮掩,也许是对朋友的一片好心,可是对他没有什么好处。不管您知道不知道,快去叫他出来;去。

【特洛伊罗斯重上。

特洛伊罗斯: 怎么!什么事?

埃涅阿斯: 殿下,恕我少礼,我的事情很紧急;令兄帕里斯、得伊福玻斯、希腊来的狄俄墨得斯和被释归来的安忒诺都要来了。因为希腊人把安忒诺还给我们,所以我们必须在这一小时内,把克瑞西达姑娘交给狄俄墨得斯带回希腊,作为交换。

特洛伊罗斯: 已经这样决定了吗?

埃涅阿斯: 这件事情已经由普里阿摩斯和全体廷臣通过,立刻就要实行。

特洛伊罗斯: 好容易如愿以偿,又变了一场梦幻!我要见他们去;埃涅阿斯将军,请你装作我们是偶然相遇的,不要说在这儿找到了我。

埃涅阿斯: 很好,很好,殿下;我决不泄露秘密。(特洛伊罗斯、埃涅阿斯同下)

潘达洛斯: 有这等事?刚才到手就丢了?魔鬼把安忒诺抓了去!这位小王子准要发疯了。该死的安忒诺!我希望他们扭断他的头颈!

【克瑞西达重上。

克瑞西达： 怎么！什么事，刚才是谁？

潘达洛斯： 唉！唉！

克瑞西达： 您为什么这样长叹？他呢？去了！好舅舅，告诉我，是怎么一回事？

潘达洛斯： 我还是死了干净！

克瑞西达： 天哪！是什么事？

潘达洛斯： 你进去吧。你为什么要生到这世上来？我知道你会把他害死的。唉，可怜的王子！该死的安忒诺！

克瑞西达： 好舅舅，我求求您，我跪在地上求求您，告诉我究竟发生了什么事。

潘达洛斯： 你得走了，丫头，你得走了；人家拿安忒诺来换你来了。你必须到你父亲那儿去，不能再跟特洛伊罗斯在一起。他一定要伤心死的；他再也受不了的。

克瑞西达： 啊，你们天上的神明！我是不愿意去的。

潘达洛斯： 你非去不可。

克瑞西达： 我不愿意去，舅舅。我已经忘记了我的父亲；我不知道什么骨肉之情，只有亲爱的特洛伊罗斯才是我最亲近的亲人。神明啊！要是克瑞西达有一天会离开特洛伊罗斯，那么让她的名字永远被人唾骂吧！时间、武力、死亡，尽你们把我的身体怎样摧残吧；可是我的爱情的基础是这样坚固，就像吸引万物的地心，永远不会动摇的，我要进去哭了。

潘达洛斯：好，你去哭吧。

克瑞西达：我要扯下我的光亮的头发，抓破我的被人赞美的脸，哭
哑我的娇好的喉咙，用特洛伊罗斯的名字捶碎我的心。我不愿
离开特洛伊一步。（同下）

第三场：同前。潘达洛斯家门前

【帕里斯、特洛伊罗斯、埃涅阿斯、得伊福玻斯、安忒诺
及狄俄墨得斯上。

帕里斯：天已经大亮，把她交给这位希腊勇士的预定时间很快就要
到了。特洛伊罗斯，我的好兄弟，你去告诉这位姑娘她所应该
做的事，催她赶快收拾一切，准备动身。

特洛伊罗斯：你们各位都跟我到她家里去；我立刻带她出来。当我
把她交给这个希腊人的时候，请你把他的手当作一座祭坛，你
的兄弟特洛伊罗斯是个祭司，把他自己的心挖出来作为献祭了。
（下）

帕里斯：我知道一个人在恋爱中的心理；可是我虽然老大不忍，却
没有法子帮助他！各位将军，请进去吧。（同下）

第四场：同前。潘达洛斯家中一室

【潘达洛斯及克瑞西达上。

潘达洛斯： 别太伤心啦，别太伤心啦。

克瑞西达： 你为什么叫我别太伤心呢？我所感到的悲哀是这样地深刻、广泛、透彻而强烈，我怎么能够把它压抑下去呢？要是我可以节制我的感情，或是把它的味道冲得淡薄一点，那么也许我也可以节制我的悲哀；可是我的爱是不容许掺入任何水分的，我失去了这样一个爱人的悲哀，也是没有法子可以排遣的。

【特洛伊罗斯上。

潘达洛斯： 他、他、他来了。啊！好一对鸳鸯！

克瑞西达： （抱特洛伊罗斯）啊，特洛伊罗斯！特洛伊罗斯！

潘达洛斯： 瞧这一双痴男怨女！我也要想抱着什么人哭一场哩。那歌儿是怎么说的？啊，心啊，悲哀的心，你这样叹息为何不破碎？下面的答句是——因为言语或友情，都不能给你的痛苦以安慰。这几行诗句真是说得入情入理。可见什么东西都不应该随便丢弃，因为我们也许会有一天用得着这样几句诗的。喂，小羊们！

特洛伊罗斯：克瑞西达，我因为爱你爱得这样虔诚，远胜于从我的冷淡的嘴唇里所吐出来的对于神明的颂祷，所以激怒了天神，把你夺去了。

克瑞西达：天神也会嫉妒吗？

潘达洛斯：是，是，是，是，这是一桩非常明显的事实。

克瑞西达：我真的必须离开特洛伊吗？

特洛伊罗斯：这是一件无可避免的恨事。

克瑞西达：怎么！也必须离开特洛伊罗斯吗？

特洛伊罗斯：你必须离开特洛伊，也必须离开特洛伊罗斯。

克瑞西达：真会有这种事吗？

特洛伊罗斯：而且是这样匆促。运命的无情的毒手把我们硬生生拆分开来，不留给我们一些从容握别的时间；它粗暴地阻止了我们唇吻的交融，用蛮力打散了我们紧紧的偎抱，把我们无限郑重的深盟密誓扼死在我们的喉间。我们用千万声叹息买到了彼此的爱情，现在却必须用一声短促的叹息把我们自己廉价出卖。无情的时间像一个强盗似的，现在必须把他所偷到的珍贵宝物急急忙忙塞在他的包裹里：像天上的星那么多的离情别意，每一句道别都伴着一声叹息一个吻，都被他挤塞在一句简单的"再会"里；只剩给我们草草的一吻，被断续的泪珠和成了辛酸的滋味。

埃涅阿斯：（在内）殿下，那姑娘预备好了没有？

特洛伊罗斯：听！他们在叫你啦。有人说，一个人将死的时候，催命的鬼差也是这样向他"来吧！""来吧！"地招呼着的。叫他们耐心等一会儿；她就要来了。

潘达洛斯：我的眼泪呢？快下起雨来，把我的叹息打下去，因为它像一阵大风似的，要把我的心连根吹起来了呢！（下）

克瑞西达：那么我必须到希腊人那儿去吗？

特洛伊罗斯：没有挽回的余地了。

克瑞西达：那么我要在快活的希腊人中间，做一个伤心的克瑞西达了！我们什么时候再相会呢？

特洛伊罗斯：听我说，我的爱人。只要你忠心不变——

克瑞西达：我忠心不变！怎么！你怀疑我吗？

特洛伊罗斯：不，你不要误会我的意思；我说"只要你忠心不变"，不是对你有什么不放心的地方，我不过用这样一句话，引起我下面的意思。只要你忠心不变，我一定会来看你的。

克瑞西达：啊！殿下，那您就要遭到不测的危险啦；可是我的忠心是不会变的。

特洛伊罗斯：我要出入危险，习以为常。你佩戴着我这衣袖吧。

克瑞西达：这手套也请您永远戴在手上。我什么时候再看见您呢？

特洛伊罗斯：我会贿赂希腊的守兵，每天晚上来探望你。可是你不要变心。

克瑞西达：天啊！又是"不要变心"！

特洛伊罗斯： 爱人，听我告诉你我说这句话的理由；希腊的青年们都是充满美好的品质的，他们都很可爱，很俊秀，有很好的天赋，又博学多能，我怕你也许会喜新忘旧；唉！一种真诚的嫉妒占据着我的心头，请你把它叫作纯洁的罪恶吧。

克瑞西达： 天啊！您不爱我。

特洛伊罗斯： 那么让我像一个恶徒一样不得好死！我不是怀疑你的忠心，只是不相信自己有什么长处；我不会唱歌，不会跳舞，不会讲那些花言巧语，也不会跟人家勾心斗角，这些都是希腊人最擅长的本领；可是我可以说在每一种这一类的优点中间，都潜伏着一个不动声色的狡猾的恶魔，引诱人堕入他的圈套。希望你不要被他诱惑。

克瑞西达： 您想我会被他诱惑吗？

特洛伊罗斯： 不。可是有些事情不是我们的意志所能做主的；有时候我们会变成引诱自己的恶魔，因为过于相信自己的脆弱易变的心性，而陷于身败名裂的地步。

埃涅阿斯：（在内）殿下！

特洛伊罗斯： 来，吻我；我们就此分别了。

帕里斯：（在内）特洛伊罗斯兄弟！

特洛伊罗斯： 哥哥，你带着埃涅阿斯和那希腊人进来吧。

克瑞西达： 殿下，您不会变心吗？

特洛伊罗斯： 谁，我吗？唉，忠心是我唯一的过失：当别人用手段去沽名钓誉的时候，我却用一片忠心博得一个痴愚的名声；人家用奸诈在他们的铜冠上镀了一层金，我只有纯朴的真诚，我的王冠是敝旧而没有虚饰的。你尽可相信我的一片真心：我的为人就是纯正朴实，如此而已。

【埃涅阿斯、帕里斯、安忒诺、得伊福玻斯及狄俄墨得斯上。

特洛伊罗斯：欢迎，狄俄墨得斯将军！这就是我们向你们交换安忒诺的那位姑娘，等我们到了城门口的时候，我就把她交给你，一路上我还要告诉你她是怎样的一个人。你要好好看顾她；凭着我的灵魂起誓，希腊人，要是有一天你的生命悬在我的剑下，只要一提起克瑞西达的名字，你就可以像普里阿摩斯坐在他的深宫里一样安全。

狄俄墨得斯：克瑞西达姑娘，您无须感谢这位王子的关切，您那明亮的眼睛，您那天仙化人的面庞，就是最有力的言辞，使我不能不给您尽心的爱护；您今后就是狄俄墨得斯的女主人，他愿意一切听从您的吩咐。

特洛伊罗斯：希腊人，你用这种恭维她的话语，来嘲笑我的诚意的请托，未免太没有礼貌了。我告诉你吧，希腊的将军，她的好处是远超过你的恭维以上的，你也不配作她的仆人。我吩咐你好好看顾她，因为这就是我的吩咐；要是你胆敢欺负她，那么即使阿喀琉斯那个大汉做你的保镖，我也要切断你的喉咙。

狄俄墨得斯：啊！特洛伊罗斯王子，您不用生气，让我凭着我的地位和使命所赋予的特权，说句坦白的话：当我离开这儿以后，我爱怎么做就怎么做，什么人也不能命令我；我将按照她本身的价值看重她，可是您要是叫我必须怎么怎么做，那么我就用我的勇气和荣誉，回答您一个"不"字。

特洛伊罗斯：来，到城门口去吧。我对你说，狄俄墨得斯，你今天对我这样出言不逊，以后你可不要碰在我的手里。姑娘，让我搀着您的手，我们就在路上谈谈我们两人所要说的话吧。（特洛伊罗斯、克瑞西达、狄俄墨得斯同下；喇叭声）

帕里斯：听！赫克托的喇叭声。

埃涅阿斯：我们把这一个早晨浪费过去了！我曾经对他发誓，要比他先到战场上去，现在他一定要怪我怠惰迟慢了。

帕里斯：这都是特洛伊罗斯不好。来，来，到战场上去会他。

得伊福玻斯：我们立刻就去吧。

涅阿斯：好，让我们像一个精神奋发的新郎似的，赶快去追随在赫克托的左右；我们特洛伊的光荣，今天完全依靠着他一个人的神威。（同下）

第五场：希腊营地。前设围场

【埃阿斯披甲胄及阿伽门农、阿喀琉斯、帕特洛克罗斯、墨涅拉俄斯、俄底修斯、涅斯托等同上。

阿伽门农：你已经到了约定的地点，勇气勃勃地等候时间的到来。威武的埃阿斯，用你的喇叭向特洛伊高声吹响，让它传到你那英勇的敌人的耳中，召唤他出来吧。

埃阿斯：吹喇叭的，我多赏你几个钱，你替我使劲地吹，把你那喇叭管子都吹破了吧。吹啊，家伙，鼓起你的腮帮，挺起你的胸脯，吹得你的眼睛里冒血，给我把赫克托吹了出来。（吹喇叭）

俄底修斯：没有喇叭回答的声音。

阿喀琉斯：时候还早哩。

阿伽门农：那里不是狄俄墨得斯带着卡尔卡斯的女儿来了吗？

俄底修斯：正是他，我认识他走路的姿态；看他趾高气扬的样子，好像非常得意。

【狄俄墨得斯及克瑞西达上。

阿伽门农：这位就是克瑞西达姑娘吗？

狄俄墨得斯：正是。

阿伽门农：好姑娘，欢迎您到我们这儿来。

涅斯托：我们的元帅用一个吻来欢迎您哩。

俄底修斯：可是那只能表示他个人的盛意；她是应该让我们大家都有接一次吻的机会的。

涅斯托：说得有理；我来开始吧。涅斯托已经吻过了。

阿喀琉斯：美人，让我吻去您嘴唇上的冰霜；阿喀琉斯向您表示他的欢迎。

墨涅拉俄斯：我也有吻她一次的权利。

帕特洛克罗斯：你还是放弃了你的权利吧；帕里斯也正是这样打旁边杀了过来，把你的权利夺了去的。

俄底修斯：啊，杀人的祸根，我们一切灾难的主因；为了一个人而我们来混战这一场。

帕特洛克罗斯：姑娘，这第一个吻是墨涅拉俄斯的；第二个是我的：帕特洛克罗斯吻着您。

墨涅拉俄斯：啊！这倒很方便！

帕特洛克罗斯：帕里斯跟我两个人总是代替他和人家接吻。

墨涅拉俄斯：我一定要得到我的一吻。姑娘，对不起。

克瑞西达：在接吻的时候，是您给我吻呢还是您受我的吻？

帕特洛克罗斯：我给您吻，也受您的吻。

克瑞西达：权衡轻重，不可吃亏，您所受的吻胜过您所给的吻，所以我不让您吻。

墨涅拉俄斯： 那么我给您利息；让我用三个吻换您的一个吧。

克瑞西达： 你确是个怪人；偏偏不用双数。

墨涅拉俄斯： 姑娘，单身汉都很古怪。

克瑞西达： 帕里斯却成了双；你也明明知道；你变得吊单了，他占了你的便宜，你是有苦说不出。

墨涅拉俄斯： 你真是当头一棒呢。

克瑞西达： 对不起。

俄底修斯： 你俩并不能针锋相对，这笔买卖是做不成的。好姑娘，我可以向您讨一个吻吗？

克瑞西达： 可以。

俄底修斯： 我真想吻你。

克瑞西达： 好，您讨吧。

俄底修斯： 那么，为了维纳斯的缘故，给我一个吻；等海伦再变成一个处女的时候，他也可以吻您，他的吻也让我代领了吧。

克瑞西达： 这一笔债可以记在账上，等它到期的时候，您再来问我讨吧。

俄底修斯： 那是永远不会到期的，那么把我的一吻给我。

狄俄墨得斯： 姑娘，我带您去见令尊吧。（狄俄墨得斯偕克瑞西达下）

涅斯托： 一个伶俐的女人。

俄底修斯： 算了，算了！她的眼睛里、面庞上、嘴唇边都有话，连

195

她的脚都会讲话呢；她身上的每一处骨节，每一个行动，都透露出风流的心情来。呵，这类油腔滑调的东西，厚着脸皮，侧步而进；她们把心里的话全部打开，引人上钩：简直是街头卖俏，唾手可得。（喇叭声）

众人： 特洛伊人的喇叭。

阿伽门农： 他们的军队来了。

> 【赫克托披甲胄，埃涅阿斯、特洛伊罗斯与其他特洛伊将
> 士等上。

埃涅阿斯： 各位希腊将军请了！赫克托叫我来问你们，在今天这次比武中间，交战双方是不是一定要一决雌雄，死伤流血，在所不计；还是在一方面已经占到上风的时候，就由监战的人发令双方停止？

阿伽门农： 赫克托愿意采取哪一种方式？

埃涅阿斯： 他没有意见；他愿意服从两方面议定的条件。

阿喀琉斯： 这正是赫克托的作风，想得很周到，有点儿骄傲，可是未免太小看对方的骑士了。

埃涅阿斯： 将军，您倘然不是阿喀琉斯，那么请问您叫什么名字？

阿喀琉斯： 我倘不是阿喀琉斯，就是个无名小卒。

埃涅阿斯： 那么尊驾正是阿喀琉斯了。可是让我告诉您吧：赫克托有的是吞吐宇宙的无限大的勇气，却没有一丝一毫的骄傲。您要是知道他的为人，那么他这种表面上的骄傲，正是他的礼貌。

你们这位埃阿斯的身体上有一半是和赫克托同血统的，为了顾
念亲属的情谊，今天只有半个赫克托出场，用他一半的心，一
半的身体，来跟这个一半特洛伊人一半希腊人的混血骑士相会。

阿喀琉斯：那么今天的战争只是一场娘儿们的打架吗？啊！我知
道了。

　　　　【狄俄墨得斯重上。

阿伽门农：狄俄墨得斯将军来了。善良的骑士，你去站在我们这位
埃阿斯的旁边；你和埃涅阿斯将军就做两方面的监战人吧，或
者让他们战到精疲力竭，或者让他们略为打上一两回合，都由
你们两人决定。这两个交战的既然是亲戚，恐怕他们剑下不免
有所顾忌。

　　　　【埃阿斯、赫克托二人入场。

俄底修斯：他们已经拔剑相向了。

阿伽门农：那个满脸懊丧的特洛伊人是谁？

俄底修斯：普里阿摩斯的最小的儿子，一个真正的骑士：他未曾经
过多大的历练，可是已经卓尔不群；他的出言很坚决，他的行
为代替了他的言辞，他也从不矜功伐能；他不容易动怒，可是
一动了怒，他的怒气却不容易平息下来；他有一颗坦白的心和
一双慷慨的手，他所有的都可以给人家，他所想到的都不加掩
饰，可是他的慷慨并不是滥施滥予，他的嘴里也从不曾吐露过
一些卑劣的思想。他像赫克托一样勇敢，可是比赫克托更厉害；

因为赫克托在盛怒之中，只要看见柔弱的事物，就会心软下来，可是他在激烈行动的时候，是比善妒的爱情更为凶狠的。他们称他为特洛伊罗斯，在他的身上建立着未来的希望，足与赫克托先后媲美。这是埃涅阿斯对我说的，他很熟悉这个少年，当我在特洛伊宫里的时候，他这样私下告诉我的。（号角声；赫克托与埃阿斯交战）

阿伽门农：他们打起来了。

涅斯托：埃阿斯，出力！

特洛伊罗斯：赫克托，你睡着了吗？醒来！

阿伽门农：他的剑法很不错；好啊，埃阿斯！

狄俄墨得斯：大家住手。（号角声停止）

埃涅阿斯：两位王子，够了，请歇手吧。

埃阿斯：我还没有上劲呢；再打一会儿吧。

狄俄墨得斯：请问赫克托的意思。

赫克托：好，那么我是不愿意再打下去了。将军，你是我的父亲的妹妹的儿子，伟大的普里阿摩斯的侄儿；血统上的关系，阻止我们作流血的斗争。要是在你身上混合着的希腊和特洛伊的血液，可以使你这样说，"这一只手是完全属于希腊的，这一只是属于特洛伊的；这腿上的筋肉全然是希腊的，这腿上全然是特洛伊的；右边的脸上流着我母亲的血液，左边的流着我父亲的血液"。那么凭着万能的乔武起誓，我要用我的剑在你每一

处流着希腊血液的肢体上留下这一场恶战的痕迹；可是我不能
上干天怒，让我的利剑沾上一滴你所得自你的母亲、我的可尊
敬的姑母的血液。让我拥抱你，埃阿斯；凭着震响着雷霆的天
神起誓，你有很壮健的手臂：兄弟，愿你得到一切的光荣！

埃阿斯： 谢谢你，赫克托；你是一个太仁厚慷慨的人。我本意是要
来杀死你，替自己博得一个英雄的名声。

赫克托： 即使最负盛名的涅俄普托勒摩斯[①]，也不能希望从赫克托
身上夺得光荣。

埃涅阿斯： 两方面都在等着看你们两位还有什么行动。

赫克托： 我们就这样回答：拥抱是这一场决战的结果。埃阿斯，
再会。

埃阿斯： 这是一个难得的机会，要是我的请求可以获得胜利，那么
我要请我的著名的表兄到我们希腊营中一叙。

狄俄墨得斯： 这是阿伽门农的意思，伟大的阿喀琉斯也渴想见一见
解除甲胄的赫克托的英姿。

赫克托： 埃涅阿斯，叫我的兄弟特洛伊罗斯过来见我；把这次友谊
的访问通知我们特洛伊方面的观战将士，叫他们回去吧。兄弟，
把你的手给我；我愿意跟你一起吃吃喝喝，认识认识你们的
骑士。

---

① 涅俄普托勒摩斯：即皮洛斯，是阿喀琉斯的儿子。此处显然是指阿喀琉斯本人。

埃阿斯： 伟大的阿伽门农亲自来迎接我们了。

赫克托： 凡是他们中间最有名的人物，都请你一个一个把他们的名字告诉我；可是轮到阿喀琉斯的时候，我要凭着我自己的眼睛，从他魁梧庞大的身体上认出他来。

阿伽门农： 尊贵的英雄！我们热烈欢迎你，正像我们热烈希望早早去掉你这样一位敌人一样；可是在欢迎的时候，不该说这样的话，请你明白我的意思，在过去和未来的路上，是布满毁灭的零落的残迹的，可是在此时此刻，我们却毫不猜疑，以出于真心的诚意向你表示欢迎，伟大的赫克托！

赫克托： 谢谢你，尊严的阿伽门农。

阿伽门农： （向特洛伊罗斯）特洛伊著名的将军，我们同样欢迎你的光临。

墨涅拉俄斯： 让我继我的王兄之后，欢迎你们两位英雄的兄弟。

赫克托： 这一位将军是谁？

埃涅阿斯： 尊贵的墨涅拉俄斯。

赫克托： 啊！是您吗，将军？凭着战神的臂鞲，谢谢您！不要笑我发这样古怪的誓，您那位从前的太太总是凭着爱神的手套起誓的；她很安好，可是没有叫我向您问候。

墨涅拉俄斯： 别提起她，将军；她是一个死了的题目。

赫克托： 啊！对不起，恕我失言。

涅斯托： 勇敢的特洛伊人，我常常看见你突过希腊青年的队伍，像披荆斩棘一样挥舞着你的宝剑，一手操纵着死生的命运；我也看见你像一个盛怒的珀耳修斯①似的鞭策着骏马驰骋，把你的剑停留在空中，不去加诛那些望风披靡的败将降卒；那时我曾经对旁边的人说："瞧！那边正是天神朱庇特在那儿决定人们的生死呢！"我也看见一群希腊人把你紧紧包围在中间，像俄林波斯山上的一场角斗似的，你却从容不迫地在那儿休息；可是当我看见你的时候，你的脸总是深锁在钢铁的面甲里，直到现在方才看到你的面目。我认识你的祖父，曾经跟他交战过一次，他是一位很好的军人；可是凭着伟大的战神起誓，你比他强得多啦，让一个老年人拥抱你；可尊敬的战士，欢迎你驾临我们的营地。

埃涅阿斯： 这位是年老的涅斯托。

赫克托： 让我拥抱你，久历沧桑的好老人家；最可尊敬的涅斯托，我很高兴遇见你。

涅斯托： 我希望我的臂膀不但能够拥抱你，也能够和你在疆场上决战。

赫克托： 我也希望它们能够。

涅斯托： 嘿！凭着我这一把白须，我明天可要跟你决战几回合呢。好，欢迎，欢迎！我现在是老了——

---

① 珀耳修斯：希腊神话中的著名英雄。

俄底修斯：特洛伊的柱石已经在我们这儿了，我不知道现在那座城会不会倒下来。

赫克托：俄底修斯将军，您的容貌我还记得很清楚。啊！自从上次您跟狄俄墨得斯出使敝城，我们初次会面以后，已经死了多少希腊人和特洛伊人啦。

俄底修斯：将军，我那时候早就向您预告后来的事情了；我的预言还不过应验了一半，因为那座屏障贵邦的顽强的城墙，那些高耸云霄的碉楼，都必须吻它们自己脚下的泥土。

赫克托：我不能相信您的话，它们现在还是固若金汤；照我并不夸大的估计，打落每一块弗里吉亚的石头，都必须用一滴希腊人的血做代价。什么事情都要到结局方才知道究竟，那位惯于调停一切的时间老人，总有一天会替我们结束这一场纷争的。

俄底修斯：那么就让他去解决一切吧。最温良、最勇武的赫克托，欢迎！等元帅宴请过您以后，我也要请您驾临敝营，让我略尽地主之谊。

阿喀琉斯：对不起，俄底修斯将军，我要占先一下！赫克托，我已经把你看了个饱，仔细端详过你的面貌，把你身上的每一个地方都牢牢记住了。

赫克托：这位就是阿喀琉斯吗？

阿喀琉斯：我就是阿喀琉斯。

赫克托：请你站好，我也要看看你。

阿喀琉斯： 你尽管看吧。

赫克托： 我已经看好了。

阿喀琉斯： 你看得太快了。我可要像买东西似的再把你从头到脚细细看一遍。

赫克托： 啊！你要把我当作一本兵法书细看吗？可是我怕你有许多地方看不懂。为什么你要这样尽盯着我？

阿喀琉斯： 天神啊。告诉我，我应该在他身上的哪一部分把他杀死呢？是这儿，是这儿，还是这儿？让我认清在什么方位结果赫克托的生命。天神啊，回答我吧！

赫克托： 骄傲的人，天神倘会回答这样一个问题，他们也不成其为天神了。请你再站一站。你以为取我的命是一件这么容易的事，可以让你预先认清在什么地方把我杀死吗？

阿喀琉斯： 我告诉你，是的。

赫克托： 即使你的话是天神的启示，我也不会相信。你还是自己留心点儿吧，因为我要把你杀死的时候，我不是在这儿那儿杀死你，凭着替战神打盔的铁砧起誓，我要在你身上每一处地方杀死你。各位聪明的希腊人，恕我夸下这样的海口，他出言不逊，激我说出这样狂妄的话来；可是我倘不能用行为证实我的话，我就永不——

埃阿斯： 表兄，你不必生气。阿喀琉斯，您也不用说这种恫吓的话，等您用得着它们的时候再拿出来吧；只要您有胃口，您可以每天去跟赫克托厮杀的。可是我怕我们全营将士请您出马的时候，您又请也请不出来了。

赫克托： 请您让我在战场上跟您相见好不好？自从您不肯替希腊人出力以来，我们已经好久不曾有过痛快的厮杀了。

阿喀琉斯： 赫克托，你请求我吗？好，明天我一定和你相会，决一个你死我活；可是今天晚上我们是好朋友。

赫克托： 一言为定，把你的手给我。

阿伽门农： 各位希腊将士，你们大家先到我的营帐里来，参加共同的欢宴；要是赫克托有功夫，你们有谁想要表示你们好客的殷勤，再可以各自招待他。把鼓儿高声打起来，把喇叭吹起来，让这位大英雄知道我们对他的欢迎。（除特洛伊罗斯、俄底修斯二人外皆下）

特洛伊罗斯： 俄底修斯将军，请您告诉我，卡尔卡斯住在什么地方？

俄底修斯： 在墨涅拉俄斯的营帐里，尊贵的特洛伊罗斯；狄俄墨得斯今晚就在那儿陪他喝酒，这家伙眼睛里不见天地，只是瞧着美丽的克瑞西达。

特洛伊罗斯： 将军，我们从阿伽门农帐里出来以后，可不可以有劳您带我到那里去？

俄底修斯： 您可以命令我。我也要请问一声，这位克瑞西达姑娘在特洛伊的名誉怎样？她在那里有没有什么情人因为跟她分别而伤心？

特洛伊罗斯： 啊，将军！我真像一个向人夸示他的伤疤的人一样，反而遭到您的讥笑了。请吧，将军。她曾经被人爱，她也爱过人，她现在还是这样；可是甜蜜的爱情往往是命运嘴里的食物。（同下）

第五幕

第一场：希腊营地。阿喀琉斯帐前

【阿喀琉斯及帕特洛克罗斯上。

阿喀琉斯：今夜我要用希腊的美酒烧热他的血液，明天再用我的宝剑叫它冷下来。帕特洛克罗斯，我们一定要请他痛痛快快地大吃一顿。

帕特洛克罗斯：忒耳西忒斯来了。

【忒耳西忒斯上。

阿喀琉斯：啊，你这嫉妒的核儿！你这天生的硬面包壳儿！有什么消息？

忒耳西忒斯：嘿，你这虚有其表的画像，你这痴人崇拜者的偶像，这儿有一封信给你。

阿喀琉斯：从哪儿来的，你这七零八碎的东西？

忒耳西忒斯：嘿，你这满盘的傻瓜，从特洛伊来的。

帕特洛克罗斯：现在谁在看守着营帐？

忒耳西忒斯：军医和伤兵。

帕特洛克罗斯：说得妙，你这捣蛋鬼，耍这种把戏有什么意思？

忒耳西忒斯：请你免开尊口，孩子；我一点也不能从你的谈话里得到什么好处。人家都以为你是阿喀琉斯的雄丫头。

帕特洛克罗斯：浑蛋！什么叫作雄丫头？

忒耳西忒斯：嘿，雄丫头就是男婊子。但愿南方的各种恶病，绞肠、脱肠、伤风、肾砂、昏睡症、瘫痪、烂眼、坏肝、哮喘、膀胱肿毒、坐骨神经痛、灰掌疯、无药可医的筋骨痛、终身不治的水泡疹，一古脑儿染到你这荒唐家伙的身上！

帕特洛克罗斯：怎么，你这该死的嫉妒匣子，你这样咒人是什么意思？

忒耳西忒斯：我咒你吗？

帕特洛克罗斯：哼，你这烂木桶，你这婊子生的不成形的恶狗。你没有咒我。

忒耳西忒斯：没有！那么你为什么发急，你这一绞轻薄的丝线，你这罩在烂眼上的绿绸眼罩，你这浪子钱袋上的流苏，你？啊！这个寒碜的世间怎么尽是这些水面的飞虫，这些可厌的渺小的生物。

帕特洛克罗斯：闭嘴，恶毒的东西！

忒耳西忒斯：你这麻雀蛋儿！

阿喀琉斯：我的好帕特洛克罗斯，我明天出战的雄心已经受到挫折。

这儿是一封从赫卡柏王后写来的信，还有她的女儿，我的爱人，给我的一件礼物，她们都恳求我遵守我从前发过的一句誓言。我不愿违背我的誓言。让希腊没落，让名誉消失，让光荣或去或留吧；我必须服从我所已经发过的重誓。来，来，忒耳西忒斯，帮着布置布置我的营帐；今夜一定要在欢宴中消度过去。去吧，帕特洛克罗斯！（阿喀琉斯、帕特洛克罗斯同下）

忒耳西忒斯： 这两个人有太多的血气，太少的头脑，也许会发起疯来；要是他们因为有太多的头脑，太少的血气而发疯，那么我倒可以治愈他们的疯病。还有那个阿伽门农，人倒很老实，他也很爱玩鹌鹑，可是他的头脑总共还不过像耳屎那么一点点。讲到他那个外表像天神的兄弟，那头公牛，那尊原始的雕像，那座歪斜的王八的纪念碑，他不过是用链条穿起了挂在他哥哥腿上的一块小小的鞋拔；像他这种家伙，智慧里掺了些奸恶，奸恶里拌了些智慧，还能够叫他变得比现在的样子好一点吗？变一头驴子，那也不算什么；他又是驴子又是牛。变一头牛，那也不算什么；他又是牛又是驴子。变一条狗、一头骡子、一只猫、一只臭鼬、一只蛤蟆、一条蜥蜴、一只枭、一只鹞子，或是一条没有卵的鲱鱼，我都不在乎；可是倘要叫我变一个墨涅拉俄斯！嘿，我才要向命运造反呢。要是我不是忒耳西忒斯，那么别问我愿意变什么，因为就是叫我做癞病人身上的一个虱子我都愿意，只要不是做墨涅拉俄斯。哎唷！精灵们带着火把来啦！

【赫克托、特洛伊罗斯、埃阿斯、阿伽门农、俄底修斯、
涅斯托、墨涅拉俄斯及狄俄墨得斯各持火炬上。

阿伽门农：我们走错了，我们走错了。

埃阿斯：不，那儿就是；就是那个有火光的地方。

赫克托：真太麻烦你们了。

埃阿斯：不，没有什么。

俄底修斯：他自己来接您啦。

【阿喀琉斯重上。

阿喀琉斯：欢迎，勇敢的赫克托；欢迎，各位王子。

阿伽门农：特洛伊的英雄王子，我现在要向您道晚安了。埃阿斯会
　　吩咐卫士们侍候您的。

赫克托：谢谢您，愿您晚安，希腊的元帅。

墨涅拉俄斯：晚安，将军。

赫克托：晚安。

墨涅拉俄斯：好将军，忒耳西忒斯好个屁，你说好呀？好粪坑，好
　　尿桶。

阿喀琉斯：回去的人我向他们道晚安，留着的人我欢迎他们。

阿伽门农：晚安。（阿伽门农、墨涅拉俄斯同下）

阿喀琉斯：年老的涅斯托也没有去；狄俄墨得斯，你也在这儿耽搁
　　一二小时，陪陪赫克托吧。

狄俄墨得斯：我不能，将军；我有重要的事情，现在就要去了。晚安，伟大的赫克托。

赫克托：把您的手给我。

俄底修斯：（向特洛伊罗斯旁白）跟着他的火把跑；他是到卡尔卡斯的帐里去的。我陪您走走。

特洛伊罗斯：真是有劳您啦。

赫克托：好，晚安。（狄俄墨得斯下；俄底修斯、特洛伊罗斯随下）

阿喀琉斯：来，来，我们进帐吧。（阿喀琉斯、赫克托、埃阿斯、涅斯托同下）

忒耳西忒斯：那个狄俄墨得斯是个奸诈小人，一个居心不正的坏家伙；当他斜着眼睛瞧人的时候，正像一条发着咝咝声音的蛇一样靠不住。他会随口许愿，可是等到他履行他所许的愿的时候，天文学家也会发出预告，因为那时候天象一定会发生巨大的变化，太阳反而要向月亮借光了。我宁愿不看赫克托，一定要跟住他；人家说他养着一个特洛伊的婊子，借那卖国贼卡尔卡斯的营帐幽会。我要跟他去。奸淫，只有奸淫！全都是些不要脸的淫棍！（下）

第二场：同前。卡尔卡斯帐前

【狄俄墨得斯上。

狄俄墨得斯：喂！你睡了没有？

卡尔卡斯：（在内）谁在叫？

狄俄墨得斯：狄俄墨得斯。是卡尔卡斯吗？你的女儿呢？

卡尔卡斯：（在内）她就来了。

　　　【特洛伊罗斯及俄底修斯自远处上；忒耳西忒斯随上。

俄底修斯：站远一些，别让火把照见我们。

　　　【克瑞西达上。

特洛伊罗斯：克瑞西达出来会他了。

狄俄墨得斯：啊，我的被保护人！

克瑞西达：我的亲爱的保护人！来！我给您说句话。（向狄俄墨得

　　斯耳语）

特洛伊罗斯：哼，这样亲热！

俄底修斯：她会向无论哪个初次见面的男人唱歌。

忒耳西忒斯：不论哪个男人都能跟她唱到一块儿去，只要他能搭上

　　她的腔调，她的调门多得很。

狄俄墨得斯：你会记得吗？

克瑞西达：记得，记得。

狄俄墨得斯：好，你可记住了；不要口不应心。

特洛伊罗斯：叫她记住些什么？

俄底修斯：听着！

克瑞西达：甜甜蜜蜜的希腊人，别再诱我干那些傻事情了。

忒耳西忒斯：捣什么鬼！

狄俄墨得斯：不，那么——

克瑞西达：我对您说呀——

狄俄墨得斯：算了，算了，有什么说的；你已经背了誓了。

克瑞西达：真的，我不能。你要我怎么样？

忒耳西忒斯：一个鬼把戏——公开的秘密。

狄俄墨得斯：你不是发过誓要给我一件什么东西吗？

克瑞西达：请您不要逼我履行我的誓言了，亲爱的希腊人；除了这
　　一件事情以外，我什么都依你。

狄俄墨得斯：晚安！

特洛伊罗斯：忍耐，把这口怒气压下去吧！

俄底修斯：你怎么啦，特洛伊人？

克瑞西达：狄俄墨得斯——

狄俄墨得斯：不，不，晚安；我不愿再被愚弄了。

特洛伊罗斯：比你更好的人也被她愚弄过了。

克瑞西达：听着！我向您的耳边说句话。

特洛伊罗斯：该死，该死！

俄底修斯：您在动怒了，王子；我们还是走吧，免得您的脾气越发越大。这地方是个危险的地方，这时间也是容易闯祸的时间。请您回去吧。

特洛伊罗斯：不，你瞧你瞧！

俄底修斯：您还是走吧；您已经气得发疯了。来，来，来。

特洛伊罗斯：请你再等一会儿。

俄底修斯：您快要忍耐不住了，来。

特洛伊罗斯：请你等一会儿。凭着地狱和一切地狱里的酷刑发誓，我决不说一句话！

狄俄墨得斯：好，晚安！

克瑞西达：可是您是含怒而去的。

特洛伊罗斯：那使你心里难过吗？啊，枯萎了的忠心！

俄底修斯：怎么，怎么，王子！

特洛伊罗斯：天神在上，我忍耐就是了。

克瑞西达：我的保护人！——喂，希腊人！

狄俄墨得斯：呸，呸！再见；你老是作弄人家。

克瑞西达：凭良心说，我没有；您回来呀。

俄底修斯：您在气得发抖了；王子；我们走吧，您要忍不住了。

特洛伊罗斯：她摸他的脸！

俄底修斯：来，来。

特洛伊罗斯：不，等一会儿；天神在上，我决不说一句话；在我的意志和一切耻辱的中间，有忍耐在那儿看守着；再等一会儿吧。

忒耳西忒斯：那个屁股胖胖的、手指粗得像马铃薯般的荒淫的魔鬼怎么会把这两个宝货撮在一起！煎吧，都给我在奸淫里煎枯了吧！

狄俄墨得斯：那么你答应了吗？

克瑞西达：是，我答应了；不骗您。

狄俄墨得斯：给我一件什么东西做保证吧。

克瑞西达：我去给您拿来。（下）

俄底修斯：您发誓说一定忍耐的。

特洛伊罗斯：你放心吧，好将军；我一定抑制住自己，不让我的感情暴露出来；我满心都是忍耐。

　　　　【克瑞西达重上。

忒耳西忒斯：抵押品来了！瞧，瞧，瞧！

克瑞西达：狄俄墨得斯，这衣袖请您收下来吧。

特洛伊罗斯：啊，美人！你的忠心呢？

俄底修斯：王子——

特洛伊罗斯：我会忍耐；在外表上忍住我的怒气。

克瑞西达：您瞧瞧那衣袖；瞧清楚了。他曾经爱过我——啊，负心的女人！把它还给我。

狄俄墨得斯：这是谁的?

克瑞西达：您已经还了我,不用再问了。明天晚上我不愿跟您相会。

狄俄墨得斯,请您以后不要再来看我了吧。

忒耳西忒斯：现在她又要磨他了;说得好,磨石!

狄俄墨得斯：拿来给我。

克瑞西达：什么,是这个吗?

狄俄墨得斯：是这个。

克瑞西达：天上的诸神啊! 你可爱的、可爱的信物! 你的主人现在

正在床上躺着想起你也想起我;他一定在那儿叹气,拿着我的

手套,一边回忆一边轻轻地吻着它;就像我吻着你一样。不,

不要从我手里把它夺去;谁拿了它去,就是把我的心也一块儿

拿去了。

狄俄墨得斯：你的心已经给了我了;这东西也是我的。

特洛伊罗斯：我已经发誓忍耐。

克瑞西达：你不能把它拿去,狄俄墨得斯;真的您不能拿去;我宁

愿把别的东西给您。

狄俄墨得斯：我一定要这个。它是谁的?

克瑞西达：您不用问。

狄俄墨得斯：快说,它本来是属于谁的?

克瑞西达：它本来是属于一个比您更爱我的人的。可是您既然已经

拿了去,就给了您吧。

狄俄墨得斯： 它是谁的？

克瑞西达： 凭着狄安娜女神和侍候她的那群星娥们起誓，我不愿告诉您它是谁的。

狄俄墨得斯： 明天我要把它佩在我的战盔上，要是他不敢向我挑战，也叫他看着心里难过。

特洛伊罗斯： 即使你是魔鬼，把它挂在你的角上，我也要向你挑战。

克瑞西达： 好，好，事情已经过去，也不用说了；可是不，我不愿应您的约会。

狄俄墨得斯： 好，那么再见；狄俄墨得斯以后再不让你玩弄了。

克瑞西达： 您不要去；人家刚说了一句话，您又恼起来啦。

狄俄墨得斯： 我不喜欢让人开这样的玩笑。

忒耳西忒斯： 我也不喜欢，自有地狱王为证；可是你不喜欢的事我倒最喜欢。

狄俄墨得斯： 那么我要不要来？什么时候？

克瑞西达： 好，你来吧；——天啊！——你来吧；——我一定要受神明的惩罚了！

狄俄墨得斯： 再会。

克瑞西达： 晚安；请你一定来。（狄俄墨得斯下）别了，特洛伊罗斯！我的一只眼睛还在望着你，可是另一只眼睛已经随着我的心转换了方向。唉，我们可怜的女人！我发现了我们这一个弱点，我们的眼睛所犯的错误支配着我们的心；一时的失足把我

们带到了永远错误的路上。啊，从这里可以得出一个结论，那就是：受眼睛支配的思念一定是十分卑劣的。（下）

忒耳西忒斯： 这是她对于她自己的贞节的最老实的供认，除非她再说一句，"我的心现在已经变成了一个娼妇"。

俄底修斯： 没有什么可看的了，王子。

特洛伊罗斯： 是的，一切都完了。

俄底修斯： 那么我们还留在这儿干吗？

特洛伊罗斯： 我要把他们在这儿说的话一个字一个字地记录在我的灵魂里。可是我倘把这两个人共同串演的这一出活剧告诉人家，虽然我宣布的是事实，这事实会不会是一个谎呢？因为在我的心里还留着一个顽强的信仰，不肯接受眼睛和耳朵的见证，好像这两个器官都是善于欺骗，它们的作用只是颠倒是非，淆乱黑白。刚才出来的真是克瑞西达吗？

俄底修斯： 我又不会驱神役鬼，特洛伊人。

特洛伊罗斯： 一定不是她。

俄底修斯： 的确是她。

特洛伊罗斯： 我还没有发疯，我知道那不是她。

俄底修斯： 难道倒是我疯了吗？刚才明明是克瑞西达。

特洛伊罗斯： 为了女人的光荣，不要相信她是克瑞西达！我们都是有母亲的；不要让那些找不到诽谤的题目的顽固批评家们得到借口，用克瑞西达的例子来评断一切女性；还是相信她不是克瑞西达吧。

俄底修斯： 王子，她干了些什么事，可以使我们的母亲都蒙上污辱呢？

特洛伊罗斯： 她没有干什么事，除非刚才的女人真的就是她。

忒耳西忒斯： 他自己亲眼瞧见了还要强词诡辩吗？

特洛伊罗斯： 这是她吗？不，这是狄俄墨得斯的克瑞西达。美貌如果是有灵魂的，这就不是她；灵魂如果指导着誓言，誓言如果代表着虔诚的心愿，虔诚如果是天神的喜悦，世间如果有不变的常道，这就不是她。啊，疯狂的理论！为自己起诉，控诉自己，却又全无实证，矛盾重重：理智造了反，却不违反理智；理智丢光了，却仍做得合理，保持一个场面。这是克瑞西达，又不是克瑞西达。我的灵魂里正在进行着一场奇怪的战争，一件不可分的东西，分隔得比天地相去还要辽阔；可是在这样广大的距离中间，却又找不到一个针眼大的线缝。像地狱之门一样坚强的证据，证明克瑞西达是我的，上天的赤绳把我们结合在一起。像上天本身一样坚强的证据，却证明神圣的约束已经分裂松懈，她的破碎的忠心、她的残余的爱情、她的狼藉的贞操，都拿去与狄俄墨得斯另结新欢了。

俄底修斯： 尊贵的特洛伊罗斯也会受制于他所吐露的那种感情吗？

特洛伊罗斯： 是的，希腊人；我要用像热恋着维纳斯的战神马斯的心一样鲜红的大字把它书写出来；从来不曾有过一个年轻的男子用我这样永恒而坚定的灵魂恋爱过。听着，希腊人，正像我深爱着克瑞西达一样，我也同样痛恨着她的狄俄墨得斯；他将要佩在盔上的那块衣袖是我的，即使他的盔是用天上的神火打成的，我的剑也要把它挑下来；疾风卷海，波涛怒立的声势，也将不及我的利剑落在狄俄墨得斯身上的时候那样惊心动魄。

忒耳西忒斯： 这是他偷女人的报应。

特洛伊罗斯： 啊，克瑞西达！负心的克瑞西达！你好负心！一切不忠不信、无情无义，比起你的失节负心来，都会变成光荣。

俄底修斯： 啊！您忍着些吧；您这一番愤激的话，已经给人家听见了。

【埃涅阿斯上。

埃涅阿斯： 殿下，我已经找您一个钟头了。赫克托现在正在特洛伊披起他的甲胄来了。埃阿斯等着护送您回去。

特洛伊罗斯： 那么我们一同走吧。多礼的将军，再会。别了，叛逆的美人！狄俄墨得斯，留心站稳了，顶一座堡垒在你的头上吧！

俄底修斯： 我送你们两位到门口。

特洛伊罗斯： 请接受我心烦意乱的感谢。（特洛伊罗斯、埃涅阿斯、俄底修斯同下）

忒耳西忒斯： 要是我碰见了那个浑蛋狄俄墨得斯！我要向他学老鸦叫，叫得他满身晦气。我倘把这婊子的事情告诉了帕特洛克罗斯，他一定愿意把无论什么东西送给我；鹦鹉瞧见了一粒杏仁，也不及他听见了一个近在手头的婊子更高兴。奸淫，奸淫；永远是战争和奸淫，别的什么都不时髦。浑身火焰的魔鬼抓了他们去！（下）

第三场：特洛伊。普里阿摩斯王宫门前

【赫克托及安德洛玛刻上。

安德洛玛刻：我的夫君今天怎么脾气坏到这样子，不肯接受人家的劝告呢？脱下你的甲胄来，今天不要出去打仗了。

赫克托：不要激怒我，快进去；凭着一切永生的天神起誓，我非去不可。

安德洛玛刻：我的梦一定会应验的。

赫克托：别多说啦。

【卡珊德拉上。

卡珊德拉：我的哥哥赫克托呢？

安德洛玛刻：在这儿，妹妹；他已经披上甲胄，充满了杀心。陪着我向他高声恳求吧；让我们跪下来哀求他，因为我梦见流血的

混乱，整夜里只是梦着屠杀的惨象。

卡珊德拉： 啊！这是真的。

赫克托： 喂！让我的喇叭吹起来。

卡珊德拉： 看在上天的面上，好哥哥，不要吹起进攻的信号。

赫克托： 快去；天神已经听见我发过誓了。

卡珊德拉： 天神对于愤激暴怒的誓言是充耳不闻的；它们是不洁的祭礼，比污秽的兽肝更受憎恨。

安德洛玛刻： 啊！听从我们的劝告吧。不要以为自恃正义，便可以伤害他人；如果那是合法的，那么用暴力劫夺所得的财物拿去布施，也可以说是合法的了。

卡珊德拉： 誓言是否有效，必须视发誓的目的而定；不是任何的目的都可以使誓言发生力量。脱下你的甲胄吧，亲爱的赫克托。

赫克托： 你们别闹。我的荣誉主宰着我的命运。生命是每一个人所重视的；可是高贵的人重视荣誉远过于生命。

　　　【特洛伊罗斯上。

赫克托： 啊，孩子！你今天预备上战场吗？

安德洛玛刻： 卡珊德拉，叫我们的父亲来劝劝他。（卡珊德拉下）

赫克托： 不，你不要去，特洛伊罗斯；脱下你的铠甲，孩子；我今天充满了骑士的精神。让你的筋骨再长得结实一点，不要就去试探战争的锋刃吧。脱下你的铠甲，去，不要怀疑，勇敢的孩子，我今天要为了你、为了我、为了整个的特洛伊而作战。

特洛伊罗斯：哥哥，您有一个太仁慈的弱点，这弱点适宜于一头狮子，却不适宜于一个勇士。

赫克托：是怎样一个弱点，好特洛伊罗斯？你指出来责备我吧。

特洛伊罗斯：好几次战败的希腊人倒在地上，您虽然已经举起您的剑，却叫他们站起来，放他们活命。

赫克托：啊！那是公道的行为。

特洛伊罗斯：不，那是傻气的行为，赫克托。

赫克托：怎么！怎么！

特洛伊罗斯：看在一切天神的面上，让我们把恻隐之心留在我们母亲那儿吧；当我们披上甲胄的时候，让残酷的愤怒指挥着我们的剑锋，执行无情的杀戮。

赫克托：嘿！那太野蛮了。

特洛伊罗斯：赫克托，这样才是战争呀。

赫克托：特洛伊罗斯，我今天不要你临阵。

特洛伊罗斯：谁可以阻止我？命运、命令，或是握着火红的指挥杖的战神的手，都不能叫我退下；普里阿摩斯父王和赫卡柏母后含着满眶的眼泪跪在地上，都不能打消我的决心；就是您，我的哥哥，拔出您的锋利的剑来，也挡不住我；除了我自己的毁灭以外，我不怕任何的阻力。

　　　　　【卡珊德拉偕普里阿摩斯上。

卡珊德拉：拖住他，普里阿摩斯，不要放松。他是你的拐杖；要是你失去你的拐杖，那么你依靠着他，整个的特洛伊依靠着你，大家都要一起倒下了。

普里阿摩斯： 来，赫克托，来，回来；你的妻子做了噩梦，你的母亲看见了幻象，卡珊德拉预知未来，我自己也像一个突然得到天启的先知一样，告诉你今天是一个不祥的日子，所以你回来吧。

赫克托： 埃涅阿斯在战场上等我；我和许多希腊人有约在先，今天一定要去跟他们相会。

普里阿摩斯： 可是你不能去。

赫克托： 我不能失信于人。您知道我一向是不敢违抗您的意旨的，所以，亲爱的父亲，不要使我负上一个不孝的罪名，请您允许我出战吧。

卡珊德拉： 普里阿摩斯啊！不要听从他。

安德洛玛刻： 不要允许他，亲爱的父亲。

赫克托： 安德洛玛刻，你使我生气了。为了你对我的爱情，快给我进去吧。（安德洛玛刻下）

特洛伊罗斯： 都是这个愚蠢的、做梦的、迷信的姑娘，凭空虚构出这许多恶兆。

卡珊德拉： 啊，别了！亲爱的赫克托！瞧，你死了！瞧，你的眼睛变成惨白了！瞧，你满身的伤口都在流血！听，特洛伊在呼号，赫卡柏在痛哭，可怜的安德洛玛刻在发出她尖锐的悲声！瞧，

慌乱、疯狂和惊愕，像一群没有头脑的痴人彼此相遇，大家都
在哭喊着赫克托：赫克托死了！啊，赫克托！

特洛伊罗斯： 去！去！

卡珊德拉： 别了。且慢，赫克托，我还要向你告别；你欺骗了你自己，
也欺骗了我们全体特洛伊人。（下）

赫克托： 父王，您听见她这样嚷叫，有点儿惊恐吗？进去安慰安慰
我们的军民；我们现在要出去作战，干一些值得赞美的事情，
今天晚上再来讲给您听吧。

普里阿摩斯： 再会，愿神明保佑你平安！（普里阿摩斯、赫克托
各下；号角声）

特洛伊罗斯： 他们已经打起来了，听！骄傲的狄俄墨得斯，相信我，
我今天不是失去我的手臂，就要夺回我的衣袖。

【特洛伊罗斯将去时，潘达洛斯自另一方上。

潘达洛斯： 您听见吗，殿下？您听见吗？

特洛伊罗斯： 现在又有什么事？

潘达洛斯： 这儿是那可怜的女孩子寄来的一封信。

特洛伊罗斯： 让我看。

潘达洛斯： 这倒霉的混账咳嗽害得我好苦，还要让这傻丫头把我搅
得心神不安，又是这样，又是那样，看来我这条老命也活不长
久了；我的眼睛里又害起了风湿症，我的骨节又痛得这么厉害，
不知道我作了什么孽，才受到这样的罪。她说些什么？

特洛伊罗斯：空话，空话，只有空话，没有一点真心；行为和言语背道而驰。（撕信）去，你风一样轻浮的，跟着风飘去，也化成一阵风吧。她用空话和罪恶搪塞我的爱情，却用行为去满足他人。（各下）

第四场：特洛伊及希腊营地之间

【号角声；兵士混战；忒耳西忒斯上。

忒耳西忒斯：现在他们在那儿打起来了，待我去看个热闹。那个奸诈的卑鄙小人，狄俄墨得斯，把那个下流的痴心的特洛伊小傻瓜的衣袖裹在他的战盔上；我巴不得看见他们碰头，看那头爱着那婊子的特洛伊小驴子怎样放那个希腊淫棍回到那只假情假义的浪蹄子那儿去，叫他有袖而来，无袖而归。在另一方面，那些狡猾的信口发誓的坏东西——那块耗子咬过的陈年干酪，涅斯托，和那头狗狐俄底修斯，他们定下的计策，简直不值一颗乌梅子：他们的计策是要叫那条杂种恶狗埃阿斯去对抗那条同样坏的恶狗阿喀琉斯；现在埃阿斯那恶狗已经变得比阿喀琉斯那恶狗更骄傲了，今天他不肯出战；所以那些希腊人都像野蛮人一样胡作非为起来，计策权谋把军誉一起搅坏了。且慢！衣袖来了；那一个来了。

【狄俄墨得斯上，特洛伊罗斯随上。

特洛伊罗斯： 别逃；你就是跳下了冥河，我也要入水追你。

狄俄墨得斯： 你弄错了，我没有逃；因为你们人多，好汉不吃眼前亏，所以我才抽身出来。你小心点儿吧！

忒耳西忒斯： 守住你那婊子，希腊人！为了那婊子的缘故，特洛伊人，出力吧！挑下那衣袖来，挑下那衣袖来！（特洛伊罗斯、狄俄墨得斯随战随下）

【赫克托上。

赫克托： 希腊人，你是谁？你也是要来跟赫克托比一个高下的吗？你是不是一个贵族？

忒耳西忒斯： 不，不，我是个无赖，一个只会骂人的下流汉，一个卑鄙龌龊的小人。

赫克托： 我相信你；放你活命吧。（下）

忒耳西忒斯： 慈悲的上帝，你居然会相信我！这天杀的把我吓了这么一跳！那两个扭成一团的浑蛋呢？我想他们也许把彼此吞下去了，那才是个笑话哩。看起来，淫欲总是自食其果的。我要找他们去。（下）

第五场：战地的另一部分

【狄俄墨得斯及仆人上。

狄俄墨得斯：来，给我把特洛伊罗斯的骏马牵了回去，把它奉献给我的爱人克瑞西达，向她表示我对于她的美貌的敬礼；对她说，我已经教训过那个多情的特洛伊人，用事实证明我是她的骑士了。

仆人：我就去，将军。（下）

【阿伽门农上。

阿伽门农：添救兵，添救兵！凶猛的波吕达玛斯已经把门农打了下来；那私生子玛伽瑞隆把多里俄斯捉了去，像一尊巨大的石像似的，站在被杀的厄庇斯特洛福斯和刻狄俄斯二王的尸体上，挥舞着他的枪杆；波吕克塞诺斯也死了；安菲玛科斯和托阿斯都受了致命的重伤；帕特洛克罗斯被擒被杀，下落不明；帕拉墨得斯身受重创；可怕的萨癸塔里大逞威风，把我们的兵士吓得四散奔窜。狄俄墨得斯，快去添救兵，否则我们要一败涂地了。

【涅斯托上。

涅斯托: 去,把帕特洛克罗斯的尸体抬到阿喀琉斯帐里;再叫那像蜗牛一样慢腾腾的埃阿斯赶快披上甲胄。有一千个赫克托在战场上,一会儿他骑着马在这儿鏖战,一会儿他又在那边徒步奔突,挡着他的人逃的逃,死的死,就像一群轻舟小艇,遇见了一头喷射海水的巨鲸一样;一会儿他又在别的地方,把那些稻草般的希腊人摧枯拉朽似的杀得望风披靡,这里,那里,到处有他神出鬼没的踪迹,他的敏捷的行动,简直是得心应手,要怎么样便怎么样,看见了也会叫人不相信自己的眼睛。

【俄底修斯上。

俄底修斯: 啊!勇气,勇气,王子们!伟大的阿喀琉斯披起铠甲来了;他在哭泣,咒骂,发誓复仇,帕特洛克罗斯身上的创伤已经激起了他的昏睡的雄心;他手下的那些负伤的壮士,有的割去了鼻子,有的砍掉了手,断臂的,刖足的,都在叫喊着赫克托的名字。埃阿斯也失去了一个朋友,恼得他咬牙切齿,已经披甲出战,要去找特洛伊罗斯拼命;那特洛伊罗斯今天就像发了疯似的横冲直撞,勇不可挡,命运也像故意讥讽智谋的无用一样,对他特别照顾,使他战无不胜。

【埃阿斯上。

埃阿斯: 特洛伊罗斯!你这懦夫躲到哪里去了?(下)

狄俄墨得斯: 在那儿,在那儿。

涅斯托: 好,好,我们也上去杀一阵。

【阿喀琉斯上。

阿喀琉斯：这赫克托在什么地方？来，来，你这吓吓小孩子的家伙，还不给我出来吗？我要让你知道遇见一个发怒的阿喀琉斯是怎么样的。赫克托！赫克托呢？我只要找赫克托。（各下）

第六场：战地的另一部分

【埃阿斯上。

埃阿斯：特洛伊罗斯，你这懦夫，出来！

【狄俄墨得斯上。

狄俄墨得斯：特洛伊罗斯！特洛伊罗斯在什么地方？

埃阿斯：你要找他干什么？

狄俄墨得斯：我要教训教训他。

埃阿斯：等我做了元帅，你到了我的地位，你再来教训他吧。特洛伊罗斯！喂，特洛伊罗斯！

【特洛伊罗斯上。

特洛伊罗斯：啊，奸贼，狄俄墨得斯！转过你的奸诈的脸来，你这奸贼！拿你的命来赔偿我的马儿！

狄俄墨得斯：嘿！你来了吗？

埃阿斯：我要独自跟他交战；站开，狄俄墨得斯。

狄俄墨得斯：他是我的目的物；我不愿意袖手旁观。

特洛伊罗斯：来，你们这两个希腊贼子；你们一起来吧！（随战随下）

　　　　【赫克托上。

赫克托：呀，特洛伊罗斯吗？啊，打得好，我的小兄弟！

　　　　【阿喀琉斯上。

阿喀琉斯：现在我看见你了。嘿！等着吧，赫克托！

赫克托：住手，你还是休息一会儿。

阿喀琉斯：我不要你卖什么人情，骄傲的特洛伊人。我的手臂久已不举兵器了，这是你的幸运；我的休息和怠惰，给你很大的便宜；可是我不久就会让你知道我的厉害，现在你还是去追寻你的命运吧。（下）

赫克托：再会，要是我早知道会遇见你，我的勇气一定会增加百倍。啊，我的兄弟！

　　　　【特洛伊罗斯重上。

特洛伊罗斯：埃阿斯把埃涅阿斯捉了去了；真有这样的事吗？不，凭着那边天空中灿烂的阳光发誓，他不能让他捉去；我一定要去救他出来，否则宁愿让他们把我也一起捉了去。听着，命运！今天我已经把死生置之度外了。（下）

【一骑士披富丽铠甲上。

赫克托： 站住，站住，希腊人；你是一个很好的目标。啊，你不愿站住吗？我很喜欢你这身甲胄；即使把它割破砍碎，也要剥它下来。畜生，你不愿站住吗？好，你逃，我就追，非得剥下你的皮来不可。（同下）

第七场：战地的另一部分

【阿喀琉斯及众骑士上。

阿喀琉斯： 过来，我的骑士们，听清我的话。你们看我到什么地方，就跟到什么地方。不要动你们的刀剑，蓄养好你们的气力；当我找到了凶猛的赫克托以后，你们就用武器把他密密围住，一阵乱剑剁死他。跟我来，孩子们，留心我的行动；伟大的赫克托决定要在今天丧命。（同下）

【墨涅拉俄斯及帕里斯互战上；忒耳西忒斯随上。

忒耳西忒斯： 那王八跟那奸夫也打起来了。出力，公牛！出力，狗子！呦，帕里斯？呦！啊，我的两个雌儿的麻雀！呦。帕里斯，呦！那公牛打胜了；喂，留心他的角！（帕里斯、墨涅

拉俄斯下）

【玛伽瑞隆上。

玛伽瑞隆： 奴才，转过来跟我打。

忒耳西忒斯： 你是什么人？

玛伽瑞隆： 普里阿摩斯的庶子。

忒耳西忒斯： 你是个私生子，我也是个私生子，我喜欢私生子，一个私生子生我出来，教养我成为一个私生头脑、私生血气的变种；一头熊不会咬它的同类，那么私生子为什么要自相残杀呢？要注意，我们彼此不和是最不吉祥之兆：一个私生子为一个婊子打起架来就会惹祸上身的。再会，私生子。（下）

玛伽瑞隆： 魔鬼抓了你去，懦夫！（下）

第八场：战地的另一部分

【赫克托上。

赫克托： 富丽的外表包裹着一个腐烂不堪的核心，你这一身好盔甲送了你的性命。现在我已经做完一天的工作，待我好好休息一下。我的剑啊，你已经饱餐了鲜血和死亡，你也休息休息吧。（脱

下战盔，将盾牌悬挂背后）

【阿喀琉斯及众骑士上。

阿喀琉斯：瞧。赫克托，太阳已经开始没落，丑恶的黑夜在他的背后
追踪而来；赫克托的生命，也要跟太阳一起西沉，结束了这一个
白昼。

赫克托：我现在已经解除武装；不要乘人不备，希腊人。

阿喀琉斯：动手，孩子们，动手！这就是我所要找的人。（赫克托
倒地）现在，特洛伊，你也跟着倒下来吧！这儿躺着你的心脏，
你的筋肉，你的骨骼。上去，骑士们！大家齐声高呼："阿喀
琉斯已经把勇武的赫克托杀死了！"（吹归营号）听！我军在
吹归营号了。

骑士：主将，特洛伊的喇叭跟我们的喇叭声音是一样的。

阿喀琉斯：黑夜的巨龙之翼已经覆盖了大地，分开了交战的两军。
我的尚未餍足的宝剑，因为已经尝到了美味，也要归寝了。（插
剑入鞘）来，把他的尸体缚在我的马尾巴上，我要把这特洛伊
人拖过战场。（同下）

第九场：战地的另一部分

【阿伽门农、埃阿斯、墨涅拉俄斯、涅斯托、狄俄墨得斯
及余人等列队行进，内喧呼声。

阿伽门农：听！听！那是什么呼声？

涅斯托：静下来，鼓声！

（内呼声）"阿喀琉斯！阿喀琉斯！赫克托被杀了！阿喀琉斯！"

狄俄墨得斯：听他们的呼声，好像是赫克托给阿喀琉斯杀了。

埃阿斯：果然有这样的事，我们也不要自夸；伟大的赫克托并没有
不如他的地方。

阿伽门农：大家静静前进。派一个人到阿喀琉斯那里去，请他到我
的大营里来。要是他的死是天神有心照顾我们，那么伟大的特
洛伊已经是我们的，惨酷的战争也要从此结束了。（众列队行
进下）

第十场：战地的另一部分

【埃涅阿斯及特洛伊兵士上。

埃涅阿斯：站住！我们现在还控制着这战场。不要回去，让我们忍着饥饿挨过这一夜。

【特洛伊罗斯上。

特洛伊罗斯：赫克托被杀了。

众人：赫克托！哪有这样的事！

特洛伊罗斯：他死了，他的尸体缚在那凶手的马尾上，惨无人道地拖过了充满着耻辱的战场。天啊，颦蹙你的怒眉，赶快降下你的惩罚来吧！神明啊，坐在你们的宝座上，眷顾着特洛伊吧！让你们的迅速的灾祸变成慈悲，不要拖延我们不可避免的毁灭吧！

埃涅阿斯：殿下，您不要瓦解我们全军的士气。

特洛伊罗斯：你没有了解我的意思，所以才会对我说这样的话。我没有说到逃走、恐惧和死亡；我是向着一切天神和世人所加于我们的迫切的危险挑战。赫克托已经离我们而去了；谁去把这样的消息告诉普里阿摩斯和赫卡柏呢？有谁现在到特洛伊去，宣布赫克托的死讯的，让他永远被称为不祥的啼枭吧。这样一句话是会使普里阿摩斯变成一座石像，使妇女们变成泪泉和化石，使少年们变成冰冷的雕像，使整个的特洛伊惊怖失色的。可是去吧，赫克托死了，还有什么话说呢？且慢！你们这些可恶的营帐，这样骄傲地布下在我们弗里吉亚的平原上，无论太阳起得多早，我要把你们踏为平地！还有你，你这肥胖的懦夫。无论怎样广阔的距离，都不能分解我们两人的仇恨；我要永远像一颗疑神疑鬼的负疚的良心一样缠绕着你！回到特洛伊去！我们不要懊恼，让复仇的希望掩盖我们内心的悲痛。（埃涅阿斯及特洛伊军队下）

【特洛伊罗斯将去时，潘达洛斯自另一方上。

潘达洛斯：听我说，听我说！

特洛伊罗斯：滚开，下贱的龟奴！丑恶和耻辱追随着你，永远和你的名字连在一起！（下）

潘达洛斯：好一服医治我的骨痛的妙药！啊，世界，世界，世界！一个替别人奔走的人，是这样被人轻视！做卖国贼的，做淫媒的，人家用得着你们的时候，是多么重用你们，可是他们会给你们些什么好处呢？为什么人家这样喜欢我们所干的事，却这样痛恨我们的行业？有什么诗句可以证明？——让我想一想！——那采蜜的蜂儿无虑无愁，终日在花丛里歌唱优游；等

到它一朝失去了利刺，甘蜜和柔歌也一齐消逝。奉告吃风月饭的朋友们，把这几句诗做你们的座右铭吧。（下）